지금 난 여름에 있어

| 프롤로그 |

유난히 추웠던 겨울에 어떤 영화를 봤다. 한 무리의 젊은이들이 인적 없는 바닷가에서 기타를 치며 노래 부르고 있었다.

"여름. 우우아.
태양은 높이, 몸이 다 뜨겁네
돈은 없고 시간은 많아
어차피 돈은 필요 없어
아아아. 여름"

그들은 80년대 러시아에서 록 음악을 하던 젊은이들이었다. 해변에서 종일 춤추고 노래하고, 그걸로도 모자라 밤엔 남자, 여자 할 것 없이 모든 사람이 웃으며, 속옷까지 모조리 벗어던지고 물속으로 뛰쳐 들어갔다. 내일이 없는 듯이 환호성을 지르고 웃고, 젊음을 마구 쏟아냈다.

그들이 보내고 있던 때는 사실 캄캄한 시절이었다. 당시 러시아에선 록 음악을 마음대로 연주할 수도, 들을 수도 없었으니 말이다. 그렇지만 그토록 어둡던 시기에도 젊음은 빛나고 있었다. 어떤 암흑과 규제에 갇혀 지내기에, 그들의 젊음과 여름은 너무 아름다웠다. 온전히 다 쏟아내기에도 시간이 부족했다. 나는 흑백으로 표현된 그 영화에서 흑백을 뚫고 나오는 빛을 봤다. 그 영화의 제목은 〈레토〉 바로 '여름'이라는 뜻이다.

다시 여름이 왔다. 모든 마음을 참고 지내기엔 우리의 여름이 너무 아깝다. 모든 게 끝난 뒤 변한 거 하나 없이 여전하더라도, 혹은 엉망이 돼버렸다 해도, 우리의 여름은 눈부실 거다.

나는 지금 여름에 있다.

1

부

지금 난 여름에 있어

2

부

어쩌면 우리는 계속 여행 중이군요

3
부

가
장
너
다
운
여
행
을
하
고
오
렴

4
부

완전히 다르게 쓰여지는 일

1부

지금
난
여름에
있어

제주

소심한 반항

"엄마 사진 찍자." 캐리어를 문 앞에 두고 엄마에게 대뜸 이런 제안을 했다. 흔한 일은 아니었다. 나는 살가운 면을 타고나지 못한 딸이니까. 졸업식 정도의 명분도 없이 불쑥 카메라를 들이대는 일은 없었다.

핸드폰으로 한 번, 필름 카메라로 한 번. 나는 하나 둘 셋을 세웠고, 엄마는 반의반 박자 느리게 손가락을 브이 모양으로 만들어 보였다. 속으로 그런 엄마가 귀엽다고 생각하며 셔터를 눌렀다.

여행이 한 달도 남지 않았을 때, 현관문 앞에 서서 엄마에게 이렇게 통보했다. 유월부터 삼 개월이 조금 넘게 여행을 갈 거라고. 나 지금 약속 있으니까 나중에 이야기하자고. 할 말만 하고 냅다 도망 나왔다. 돌아올 대답을 한 귀로 듣고 흘릴 자신이 없어서 그랬고, 엄마의 대답이 긍정이든 부정이든 무조건 갈 거라서 그랬다. 반년 전부터 마음먹은 일이었지만 엄마에게 여행에 대해 입을 뗀 건 그때가 처음이었다. 어쨌거나 이런 긴 여행은 이번이 마지막일 거라고 엄마를 안심시켰다. 엄마는 내게 그렇게 여행이 좋으면 여행사에 취직하는 건 어떠냐고 물었다. 대학 졸업 후 3년간 벌인 일은 많았지만, 표나게 얻고 있는 건 없었다. 삼 남매에 늦둥이인 나는 이 집의 유일하게 남은 걱정거리이기도 했다. 엄마는 딱히 입을 떼진 않았지만 내가 취직이 아니고, 여행을 가는 게 내심 못마땅한 눈치였다. "나 여행 안 좋아하는데?" 나는 퉁명스러운 말투로 대꾸했지만 진심이었다. 엄마는 안 좋아하는데 왜 그렇게 여행을 다니냐고 되물었다. 23살에 홍콩 여행을 시작으로 매년 빠지지 않고 한두 번씩은 갔으니, 해외는커녕 비행기도 타본 적 없는 엄마 눈에 내가 별나게 여행을 좋아하는 사람처럼 보이는 게 당연했다. "그러게." 나는 짧게 대답할 수밖에 없었다. 가기 전부터 없는 사정에 돈을 모으고 있었고, 다녀온 이후로는 돈이 없어 빌빌거릴 내 모습이 훤히 보였다. 나는 그 모든 과정을 즐거워하며까지 여행을 즐기는 사람은 아니었다. 여행이 미치도록 좋다고 대답할 수도 없으면서, 기어코 떠나고 싶은 마음이 무엇인지 궁금해 일단 떠나기로 한 거였다.

그때 나는 모든 일에 이유를 달아야 하는 게 싫증 났다. 이유가 있어야만 무엇을 할 수 있는 건 아니나, 무언가를 얻어야만 좋은 것도 아니고, 아무 이유 없어도 하고 싶다면 해볼 수 있지 않냐고 소심하게 반항하는 중이었다. 모든 일에 그럴싸한 대답을 할 수 없던 나를 미워하지 않게, 어떤 일에는 이유가 없어도 된다고 말해주고 싶었다.

여름의 시작과 함께 나는 제주로 가는 비행기에 올랐다. 앞으로의 일을 조금도 짐작할 수 없어 아리송하던 첫날, 내게 제주에서의 두 달이 인생을 바꿀 수도 있다고 누군가 말했다. 좀처럼 잡히지 않는 '인생'이라는 단어와 그 뒤에 붙는 바뀔 수도 있다는 말을 의심하면서도 저 멋대로 차오르는 기대감을 숨길 수 없었다. 그렇지만 무엇이 바뀌지 않아도, 무엇이 되지 않아도, 꼭 무엇이지 않아도 나는 이 길 위로 서서 천천히 걷기로 했다. 내 삶의 깊이라는 게 쉽게 더해지지 않는다 해도, 돌고 돌아 다시 제자리로 오게 된다 해도 일단은 가보겠다고 마음먹었다.

속도를 찾는 연습

알람이 울렸다. 한창 자고 있는 깊은 숨소리가 내 옆과 위의 침대에서 들려왔다. 더 자버리고 싶은 심정이었지만, 이미 결제한 한 달치 요가 수강료를 생각하며 겨우 몸을 일으켰다. 준비는 최소한의 소음으로 마쳤다. 모자로 감지 않은 머리를 숨기고, 마스크로 화장하지 않은 얼굴을 가리는 정도였다. 바깥에는 사람들이 드문드문 지나다녔고, 지저귀는 새소리가 유난스럽게 들릴 정도로 고요했다. 바닷길을 따라 팔 분 남짓 걸어 요가원에 도착했다. 삼 일째 되던 날에 등록한 거였다. 제주에 오기 전, 집에서 왕복한 시간 자전거를 타고 요가원을 오갔었다. 일상을 여행으로 잇는 건 여러 번의 시행착오 끝에 만들어진 나만의 여행법이었다. 일상과 크게 다를 바 없이 지내는 건 언제나 내 여행을 특별하게 만들었다.

요가 선생님은 중년 남성이었다. 민소매와 헐렁한 바지 차림, 어깨 기장의 단발머리가 퍽 잘 어울렸고, 단단한 몸에선 오랜 수련의 시간이 그대로 드러났다. 그는 매번 뒤편 한쪽에 앉아 다기에 둘러싸여 차를 마셨다. 그 자리에 꿈쩍 않고 앉아 있는 건 수업 중에도 마찬가지였다. "우타나사나.

아르다 우타나사나. 우르드바 다누라사나." 절제된 목소리로 이렇게 말할 뿐이었다. 동작이 이상하거나, 그날 수업에 숙련자가 없거나, 난도 높은 동작을 할 때는 자리에서 일어나기도 했지만 그야말로 드문 일이었다. 그는 필요 이상의 행동은 하지 않았다. 앞에 서 있는 선생님을 보고 따라 하는 게 익숙했던 내겐 생소한 방식이었다.

한 동작을 십오분 남짓하게 유지한다는 점도 그간 해왔던 요가와 달랐다. 긴 호흡의 인내심이 필요했다. 백 번쯤 숨을 고르며 이제 정말 못하겠다 싶을 때 두어 번 더 숨 쉬어야 했다. 요 며칠 나는 낯선 수업 방식에 적응하려 앞뒤로 눈 굴리기 바빴다. '그만 좀. 다음 동작 좀.' 자꾸 차오르는 어지러운 생각을 잊으려 해봐도, 희귀하게 그런 생각을 잊을 뿐이었다. 선생님은 그런 나를 기가 막히게 알아보았다.

"막혀 있는 가슴을 열고 멀찍이서 고통을 바라보세요."

그가 말했다. 그 말의 시선이 꼭 내 쪽인 것만 같았다. 나는 어금니를 꽉 깨물고 있던 힘을 겨우 뺐다. 숨을 들이쉬고, 숨을 뱉었다. 동작 사이에 호흡이 들어갈 틈이 생기기 시작했다.

실은 수련 중에 자주 한눈 판다. 엉거주춤한 나에 비해 완벽하게 동작을 만드는 숙련자에게 시선을 뺏기기도 하고, 울긋불긋한 내 몸 선을 보다가 고르게 균형 잡힌 어떤 이의 몸 선을 힐끗거릴 때도 있다. 멋진 복장을 갖춘 사람을 보면 운동복 쇼핑을 다짐하며 잡생각에 빠지기도 한다.

잡념이 요가에 개입할 때면 어김없이 균형을 잃었다. 자세를 고쳐 잡아봐도 잠깐 딴생각하면 다시 비틀거렸다. 몸은 정직해서 놀랍다. 내가 해낼 수 있는 정도에 맞춰 나의 최선으로 집중해야 하는 운동이 요가이다. 내 몸, 내 호흡에 집중해야만 한 동작을 오래 유지할 수 있다. 그걸 잘 알면서도 한눈파는 일이 잦다.

내 속도가 아닌 다른 속도에 치이는 일도 잦지만, 나는 본래 느린 사람이다. 모쪼록 다른 속도가 아니라 내 본래 속도를 맞춰가려 여행을 떠나왔고, 여기서도 속도대로 살기 위해 몇 장치를 두었다. 요가는 그중 하나다. 다른 속도를 힐끗거리다 휘청이지 않으려 한다. 불필요한 것들은 제하고, 내게 집중하는 연습을 한다. 느리면 느린 대로, 이렇게 생겼으면 생긴 대로 말이다.

이곳의 바닥은 전부 매트로 되어 있어 적게는 만 원에서부터 많게는 십만 원이 훌쩍 넘는 개별 요가매트도 필요 없고, 대부분 헐렁한 티셔츠나 헐렁한 바지를 입고 있어 딱 달라붙는 멋진 운동복도 필요 없다. 창은 통유리고 바깥 풍경을 보고 수련하기 때문에 거울도 없다. 눈을 감고 오로지 내 몸이 보내는 작은 신호에 집중하면 될 뿐이다. 그러다 살짝 눈을 뜨면 통유리 너머로 제주 바다가 넘실거리는 놀라운 광경도 볼 수 있다. 너무 생소해서 당황스러운 기분마저 들게 만든 이곳이 마음에 든다. 필요 이상의 행동은 생략하고 오로지 중요한 것에 집중할 수 있게 도와주는 환경과 이곳의 긴 호흡이 좋다.

도주 계획

(1)

열흘 째 즐겁지도 않은 술자리에 나가 자리를 채웠고, 혼자 다니고 싶다는 말을 못해 사람들과 같이 어울려 다녔다. 무례하게 구는 사람에게는 아무 소리도 못하고 허허 웃었다. 혼자 있고 싶다고 생각만 하다 보니 열흘이나 흘러가버렸다.

내가 숙박하는 곳은 게스트 하우스다. 숙식을 제공받는 조건으로 이곳에서 주에 이틀씩 일하기로 했다. 대개 청소를 하고, 저녁에 있을 파티 음식을 준비하고, 체크인과 체크아웃을 도와주는 업무였다. 비용을 절감하기 좋았고, 이런 경험도 나쁘지 않을 것 같았다. 내가 생각한 제주 생활은 한적한 게스트하우스에서 떠들썩하지 않게 손님을 맞고 근무 시간 외에는 많이 걷고, 많이 쓰고, 많이 읽고, 많이 수영하고, 맥주를 많이 마시는 것, 그뿐이었다. 누군가가 함께 해도 좋지만 혼자여도 무리 없는 일들. 내가 선택한 게스트 하우스엔 스태프만 여덟 명이 있다는 걸 간과한 생각들이었다.

이곳은 사람들끼리 어디든 같이 다니는 분위기였고, 나와는 성향이 다른 사람들이었다. 한두 번은 그래도 좋겠다 싶었지만 매일 이렇게 지내고 싶지는 않았다. 이 사람들과 어떻게 하면 잘 지낼 수 있을까 수백, 수천 번을 고민하며 여행 초반을 보낸 결과, 나는 다른 게스트 하우스로 도주를 계획했다. 내가 머무는 게스트 하우스는 동쪽, 도주를 꿈꾸는 곳은 서쪽이었다. 인스타그램으로 연락처를 알아냈다. 장문의 자기소개와 함께, 일하고 싶다는 의사를 담아 문자를 보냈다. 몇 해전 내가 제주 서쪽에서 받은 인상을 꼭 닮은 게스트 하우스였다. 과음보다는 목을 축일 정도의 술이 어울리고, 시끌벅적하다는 말보다 도란도란이라는 말이 어울리는 곳이었다.

[아직 저희가 명확한 계획이 잡혀 있지 않아서요! 계획이 생기는 대로 연락드릴 수 있도록 할게요.]

호스트에게서 답장이 왔다. 그리고 딱 8일 뒤, 만나보고 싶다는 연락이 왔다. 하고 싶은 말도 제대로 못해 속으로만 삼키고 있던 내가, 뒤통수칠 계획을 야금야금 하고 있었던 것이었다.

(2)

[시간 되면 한번 들러 주실 수 있을까요? 얼굴 보고 얘기 나누는 게 좋을 것 같아서요:)]

그 메시지 앞에서 망설이는 내 모습이 싫진 않았다. 대체 8일간 무슨 일이 있었던 건지 명확하게 설명되지 않았다. 그냥 사람들 사이에 섞여서 밥 먹고 술 먹고 밤새운 게 다였다. 거짓말이 편하지 않아 그새 정들었다고 말하면서도, 사람들에게 정든 거라고 입바른 말도 못했었다. 이 동네에 정들었다고 말했던 내가 정말 여기에 정들어버린 거였다. 몇 주를 같이 지내며 익숙해진 사람이 육지로 돌아갔다. 종일 기분이 이상했다. 고작 몇 주라고 생각했던 게 고작이 아니었다는걸, 기분이 말해주고 있었다.

너무 싫다고 생각했던 사람도 이제 밉지 않았다. 어떤 면은 괜찮아 보이기까지 했다. 새로운 사람을 챙길 줄 모르는, 먼저 온 그 사람은 처음부터 그러진 않았던 것 같다. 몇 개월째 사람들이 오가는 상황을 지켜보며 어느 순간 무뎌진 것처럼 보였다. 살갑게 굴지 않던 그 사람도 시간이 필요했던 것 같다. 첫날부터 반말을 하던 동생은 사실 여기서 제일 여려 보였다. 가벼운 분위기가 싫었지만 굳이 무거울 필요도 없어 보였다. 무거움도 가끔은 피곤할뿐더러, 분위기가 가볍다고 사람도 가벼운 건 아니었다. 술을 좋아하는 분위기가 썩 달갑지 않았는데 내일이 없는 듯이 마구 젊음을 쏟아낼 수 있는 것도 지금이 적합하긴 했다. 여기까지라고 생각했던 마지노선은 매일 조금씩 흐려졌다. 밀릴 것 같지 않던 벽은 밀리고 부수고 부서지고 허물어졌다. 흥청망청 쓰고 마시고, 가볍고 의미 없는 소리들만 지나다니는 밤새움도 그냥 좋아졌다. 의미는 됐고 지금이면 충분하지 않겠냐며 그런대로 그 자체로 좋아졌다. 이유 없이 좋아지는 게 제일 무서운 건데 말이다. 어느새 나는 이 떠들썩한 분위기에서 가장 큰 소리로 웃고 있었다.

　제주에서는 저녁 시간이 오면 약속이나 한 듯 소등을 해 깜깜했던 기억밖에 없었다. 그런데 여기 함덕 앞은 한밤에도 밝기만 하다. 바다 앞으로 수많은 프랜차이즈 커피집, 맥줏집, 디저트 가게, 그리고 여름휴가를 보내러 온 손님들, 밤이면 돌담 위에서 술 마시는 사람들. 함덕은 제주에서도 꽤 많은 사람들이 모인 관광지고, 아무리 생각해도 평소 내가 좋아하는 것들과는 거리가 멀다. 그런데 나는 함덕이 좋다. 저 사람들과 같은 이유인지도 모르겠다. 이상하리만큼 여기가 좋아졌다.

　나는 이곳에서 할 일이 생겼다고 죄송하다고 답장했다. 내 여행의 전개가 바뀌었다. 모든 계획은 수포로 돌아갔다.

매번 나를 흔드는 일

영화 모임, 글쓰기 모임, 독서 모임. 나는 모임에 열심인 사람이다. 모임에 간 지는 이 년쯤 됐다. 시작은 '고전소설 읽기' 모임이었다. 편식이 심한 내 독서 취향을 바꿔보려 시작했던 거였다. 그러다 영화 모임도 가게되고, 요즘은 글쓰기 모임만 세 개를 하고 있다. 진지함이 익숙하지 않아 평소 꺼리는 이야기나 표정도 모임에선 숨김없이 드러낼 수 있었다. 서너 시간동안 좋아하는 걸 마음껏 이야기하는 데 시간을 쏟을 수도 있었다.

좋아하는 게 있다면 같이 나눌 수 있는 사람들이 있는 곳으로 가라고 권하고 싶다. 하고 싶지만 할 수 있을까 싶었던 일도, 뭐든 할 수 있을 것만같은 그런 마음이 내 속에 차오를 테니까.

그런 일들이 이 년간 나를 흔들어 놓았다. 신나서 떠들 때도 있었고, 우물쭈물하다 아무 말도 못하고 돌아올 때도 있었다. 그렇게 돌아온 날에도 무슨 말이든 일기장에 적었다. 듣고만 있었던 날에도 내 세계는 확장돼 있었다.

작년에 나를 크게 흔들어 놓았던 하루는 처음 영화 모임을 가진 날이었다. 우리는 장국영 주연의 영화 〈해피투게더〉를 보고, 영화의 여백을 채우는 글을 썼다. 쓴 글을 뒤집어놓고 마구잡이로 섞어서 하나씩 집었다. 다른 사람의 글일 수도, 내 글일 수도 있었다. 설사 내 글을 집었다 해도 시치미를 떼며 읽어야 했다. 누가 쓴 글인지 상상해보는 재미는 덤으로 가지게 되는 거였다. 글을 나누기에 앞서 모임의 주최자가 말했다. 오글거린다는 말은 금지라고. 습관처럼 목 끝에 걸리는 말이었다. 그 금지 덕에 평소보다 솔직해지기로 했다.

그날 나는 글을 쓰며 살고 싶다고 말했다. 낯선 사람들 앞에선 처음 뱉는 말이었다. 그런 내게 앞에 앉아 있던 사람이 글을 계속 썼으면 좋겠고, 쓰면서도 쓰는 삶을 계속 꿈꿨으면 좋겠다고 말했다. 사진가라는 그 사람은 대구가 고향이지만 제주에서 지낸다고 했다. 자신을 여르라고 부르면 된다는 말도 덧붙였다.

모임의 여운이 가시지 않아 그 날 밤을 새웠고, 첫차를 타고 집으로 돌아갔다. 동이 트도록 처음 본 사람들과 영화, 글, 음악과 고민을 나눈 것이었다. 처음 있는 일이었다. 술은 앞에 두었을 뿐, 우리는 몇 잔 마시지 않은 채로 쉬지 않고 떠들었다. 모두가 말하고 싶어 했고, 듣고 싶어 했다. 그 힘이 감춰지지 않았다. 오늘 감정은 말과 글로도 다 전할 수 없을 거 같다고, 집에 돌아와 일기장에 썼던 기억이 난다.

그때 봤던 여르를 제주에 온 첫날 다시 보게 됐다. 밤 새웠던 그 날 이후로 삼 개월 만이었다. 내가 두 달간 함덕에 머물게 됐고, 여르가 함덕 주민이었던 건 우연이었다. 제주에 연고 없는 내가 아는 사람 하나 있는 게 이렇게 든든할 일이었던가. 여르가 나를 동네 술집으로 불렀다. 자기도 제주에 온 첫날 여기에 왔다고 말하면서. 그때 마주한 제주의 첫 느낌을 전해

주고 싶었다고 말했다. 겨우 하루 봤고, 아직 잘 모르는 내게 말이다. 우리는 존댓말로 여전히 조심하고 있었지만, 친구가 된 것 같았다.

그런 인연으로 여르의 영화 모임을 가게 됐다. 여르는 제주에서 영화 모임을 운영하고 있었다. 모임 이름은 '나사'. 나사 빠진 아름다운 친구들을 모았다고 걔가 말했다. 오늘은 행복하지 않을 이유는 없다고 말하는 영화 〈룸바〉를 봤다. 영화 내내 내가 알고 있던 룸바와는 전혀 다른 춤이 이어졌다. 코믹하고 예사롭지 않은 춤사위였다. 엔딩 크레딧이 올라가자 나사 친구들이 분주히 테이블을 옮겼다. 카메라를 설치하고 말끔하게 정리된 빈 스크린 앞에 섰다. 좋았던 장면을 띄우고 영화 인물을 따라 하며 사진을 찍었다. 두 주인공처럼 우리도 스크린 앞에서 정체불명의 춤사위를 이어갔다. 나는 여기 이 사람들과 있으면 때로 빼고 싶어도 덜 빠져 있던 내 나사를 뺄 수 있을 것 같다는 생각이 들었다.

사실 아무것도 써지지 않아 빈 페이지만 멍하게 쳐다보며 한 달을 보내던 중에 온 모임이었다. 자리에 앉자 여르가 영화를 언급하며 질문했다. '힘들 때 친구에게 권해줄 수 있는 행복해지는 방법 한 가지' 이를테면 이런 식이었다. 주어진 몇 분간 종이에 아무 말이나 적으라고 했다. 얼마 전 내 오랜 친구가 한 말을 떠올렸다. 걔가 글이 써지지 않아 힘들어하는 나를 보며 말했다. 잘하려 하지 말고 그냥 사랑하라고, 네가 쓰는 글을 사랑하고 네가 쓰고 싶어서 노력하는 시간을 사랑하라고 말했었다. 글을 끄적이기 시작했다. 나사 빠진 친구들의 힘이었다. 나는 그 속에서 다시 글 쓸 힘을 회복하고 있었다.

몇 자도 쓸 수 없었던 내가 돌아와서 마구 끄적였다. 여행 중에도 나를 세

게 뒤흔드는 시작엔 이런 일들이 존재했다. 비정기적으로 진행되는 이 모임을 여기 있는 동안 몇 번이나 함께하게 될지는 알 수 없지만, 모임 중독자의 맥을 이어가려 한다. 나는 여기서도 영화 모임을 나간다.

밤낮 없는 물음들

(1)

　2층 침대 두 개가 겨우 들어가는 방 한 칸에서 여자 4명이 부대끼며 잔다. 아무리 청소해도 티가 나지 않아 맥 빠지게 하는 그 방에서 퀴퀴한 냄새를 맡으며 지낸 지도 한 달이 넘었다. 내 자리는 왼쪽 침대 일층 자리다. 잠자리가 바뀌면 번번이 잠을 설치는 나인데, 이상하게 머리만 대면 몇 초 만에 나를 잠들게 하는 침대였다. 그날도 그 침대에서 아마 삼 초 지나지 않아 잠들었던 것 같다. 한참 단잠에 들었던 나는 동생들의 귀여운 대화 소리에 깼다.

　넌 사랑이 뭐라고 생각해?

　잠결에 그 호기심 어린 목소리가 내 귀에 쏙쏙 박혀왔다. 그렇게 묻고 있는 동생은 몇 년간 친구랑 사랑에 대해 계속 이야기하는 중이라고 말을 이었다. 나는 걔네가 뭐라 하는지 잠잠히 듣고 있다가, 참지 못하고 감고 있던 눈을 슬 떴다.

　귀엽다...

나는 걔네의 귀여움에 운을 떼며 대화에 슬쩍 끼어들었다.

언니는 사랑이 뭐라고 생각해요?

그 기습 질문에 예외는 없었다.

 나는 곰곰이 생각하다가 "(남들 눈에 귀엽지 않은 모습도)귀여워 보이는 거."라고 대답했더니, 걘 "그럼 안 귀여워 보이면 끝인 거예요?"라는 예상치 못한 두 번째 기습을 해왔다. 나는 4살 어린 걔의 기습에 맥을 못 추고 깨갱 하다 다시 잠들었다. 시간은 새벽 한 시를 넘기고 있었다.

(2)

제주로 떠나오기 전, 근 한 달간 나는 많이 지쳐 있었다. 글을 잘 쓰고 싶어 애쓰다 탈이 난 상태였고, 하고 있던 카페 일은 지긋지긋했다. 얼마 남지 않은 여행 때문에 마음도 붕 떠 있었다. 여행자금을 모으려면 어쩔 수 없이 돈을 벌어야 했으니까 버틸 뿐이었다. 카페에선 매일 만들어낸 미소로 친절을 흉내 냈고, 바람 인형같이 감정 없는 인사를 반복했다. 커피 머신과 다를 게 없었다. 누르면 반사적으로 해야 할 일을 처리할 뿐이었다. 퇴근 뒤에도 그런 상태는 이어졌다. 빠른 속도로 마음이 닳아가고 있다는 걸 알았지만, 내버려 두기로 했다. 어떻게 해볼 체력이 남아있지 않았기 때문이었다. SNS에 들어가 의미 없이 스크롤 내리기를 반복했고, 드라마 앞에서 생각 없이 몰입해버리고 웃거나, 울고 싶었다. 즐거움을 찾아다니길 좋아하던 나는 온데간데없었고, 아무 생각 없게 만드는 것들 속에만 파묻혀 있고 싶었다.

반복된 일상의 지겨움은 나라는 존재에게도 전이됐다. 나는 내가 지겨운 인간이 된 것만 같았다. 지겹다고 생각했지만, 벗어나진 않으려는 굴레 안에서 빠져나오지 못하고 있었다. 쉴 새 없이 떠오르던 질문들도 다 어디로 갔는지, 어떤 것도 궁금하지 않았다. 나에게도, 내 삶에게도. 그러던 중에도 이대로 아무 생각이 들지 않을까봐 무서웠다. 모든 질문은 다 떠나갔는데 이대론 안되지 않겠느냐는 질문만은 머리를 떠나지 않아 괴로웠다. 내가 지독히도 미운 한 달이었다.

제주에 오면 사정이 달라질 거라 생각했지만 한동안 마찬가지였다. 여행이 시작됨과 동시에 모드를 빠르게 바꿀 수 있는 건 아니니까. 가시지 않은 여파로 닳아 버린 마음이 드러나는 표정을 종종 짓고 있었다.
"맞아. 질문도 좀 하려고 여기 왔는데 말이지."
그날 밤, 사랑에 대한 기습 질문을 받은 동생은 당황한 기색이 역력해 보였다. 그 표정은 내 표정이기도 했다.
다음 날도 나를 따라다닌 '사랑'이란 물음에 이렇게 대답했다.
"자려고 누웠는데 옆에 있는 사람이 너무 미워서 베개로 한 대 후려치고 싶다가도, 가만히 옆에 누워 같이 잠드는 거. 내가 어디선가 봤었는데 뭐 그런 거 아닐까?"
걔는 남은 한 달간 사랑이 무엇인지 같이 생각해보자고 말했다.

우리는 서로를 궁금해하며 자신만의 답도 써보기 시작했다. 퀴퀴한 냄새가 나던 방 안에서도, 한 밤의 바닷물에 발을 담그고서도, 옥싱에 누워 별을 보면서도, 해지는 걸 보던 자리에서도, 어떤 이의 기습으로 혹은 스스로 떠올린 물음으로, 잊고 지내던 질문들을 다시 찾아가고 있었다. 여전히 내가 나를 궁금해했으면 하는 마음이었다.

온갖 재밌는 신작이 쏟아져도
너네 나오는 시트콤이면 충분할 것 같아

친구들이 내게 섭섭할 만도 했다. 살던 동네, 늘 보던 사람, 원래의 나조차도 잊다시피 지내며 낯선 환경, 새로운 사람들 틈에서 정신없이 보내던 중이었다. 친구들은 사랑이 많다. 내가 걔네에게 소홀했을 때조차도, 나를 보고 싶어 하고, 목소리라도 듣고 싶다고 했다. 그건 내가 가진 복이기도 했다. 나도 익숙한 것이 좋다. 다양한 사람들과 두루 잘 지내는 것보단, 내 사람들과 깊게 지내는 편이 좋다. 그런 나에게 이번 해는 새로운 자극의 연속이었다. 익숙함을 좋아하는 나조차 새로움에 사로잡혀 지냈다. 내 선택으로 만들어지는 관계들이 좋았다. 영화를 보다, 책을 읽다, 여행을 하다 만들어진 관계들이 좋았다. 아주 어렸을 때 만난 친구들은 취향의 공통분모가 있다거나, 이야기가 잘 통해서라기보다는 정말 사소한 이유로 친해지게 되니까. 사는 동네가 같다든가, 집 방향이 같다든가, 같은 반이라든가, 내게 먼저 말을 걸어주었다든가, 대개 이런 이유들이니까.

나는 가끔 새로운 사람들과의 대화가 더 좋다고 생각했다. 그런 만남의 되풀이도 금방 지치게 될 것을 모르고 말이다. 새로운 만남의 적당한 긴장감 속에서 나는 점점 피로해졌다. 어쩔 수 없이 새어 나가는 잘 보이고 싶은 마음 때문이었다. 왜 그렇게 쉽게 긴장하고, 유머로 사람을 편하게 해주지도 못하고, 솔직하지 못하냐고 종종 나를 몰아세웠다. 다른 사람이 가진 면을 동경하고, 내가 그렇지 않은 사람이라는 걸 받아들이지 못했다. 그 속에서 내가 어떤 사람처럼 보이려고 애쓰지 않아도 되는, 나를 나로 있게 해주는 익숙한 이들 틈이 간절해졌다.

여행 온 지 한 달 즈음 되었을 때 친구들이 제주에 왔다. 나는 한 달간 걔들을 잊고 지냈다. 걔들이 내게 섭섭함을 내비칠 정도로 그랬다. 친구 민은 제주에 오면서 환영 피켓을 받고 싶다고 했었다. 나는 별나다는 말로 단칼에 거절했지만, 내심 신경 쓰여서 A4용지에 뭐라도 끄적였다. 짤막한 손 편지도 적어 버스정류장으로 마중을 갔다. 비가 오고 있었다. 나는 멀리서 걸어오는 걔들을 향해 한 손에 우산을 들고 남은 한 손으로 A4용지를 들어 보였다. 가까이 왔을 때 영화 <러브액츄얼리> 메인 음악을 흥얼거리며 종이를 한 장씩 넘겼다. 걔들이 신나서 웃었다. 제주에 오면서 무슨 환영 피켓이냐고 했던 나도, 걔들이 즐거워하는 모습에 히죽히죽 웃었다. 우리는 늘 이런 식이다. 낯간지러운 제안은 손사래 치다가도 결국 들어주고, 결론은 다 같이 행복해했답니다라는 식. 시트콤이 따로 없다. 한 달 만에 마주한 걔네와 나는 길거리에서 방방 뛰며 몇 바퀴를 돌았다.

걔들에겐 미안하지만, 걔들이 제주에서 머물렀던 며칠간 나는 매일 일찍 잠들었다. 순식간에 몸이 늘어졌다. 잊고 지내다가도 걔들 틈으로 들어가면 내가 이런 편안함이 얼마나 간절했는지 알 수 있었다.

유난히 새로운 사람들 틈에 섞여 지낼 일이 많았다. 책이나 영화, 여행이라는 공통 관심사를 갖고 테이블에 둘러앉은 우리는 만난 지 몇 분 만에 오래 보고 지낸 것처럼 심리적 가까움을 느끼고 서로를 응원했다. 어떤 날엔 술 몇 잔 마시지 않은 채로도 날 새는 줄 모르고 이야기를 나눴다. 날 새도록 이야기한 밤에 내가 얼마나 좋았는지에 대해 종일 말할 수 있음에도 불구하고, 어째 나는 저 귀여운 시트콤 속으로 돌아간다.

재들은 내가 눈을 파르르 떨며 화내는 것도 보았고, 묵힌 말을 꺼내며 숨기지 못하고 줄줄 눈물을 떨어뜨리는 것도 보았다. 내가 지치면 얼마나 별로인지도 안다. 몹쓸 애교로 앵기면 시원하게 욕으로 받아 치고, 시답지 않은 농담에 꺽꺽 넘어갈 듯이 웃고, 몇 분 전에 다시 안 볼 것처럼 다퉈놓곤 마주 앉아 햄버거를 먹으며 웃는다.

새로움이 얼마나 황홀한지 안다 한들, 나는 오랜 몇 사람이 있는 시트콤 안으로 돌아간다. "얘 사는 거 별거 없단다." 걔들은 아무렇지 않게 나를 다독인다.

얘들아 온갖 재밌는 신작이 쏟아져도 말이야. 나는 너네 나오는 시트콤만 틀어놔도 충분할 것 같아.

비 오는 날에도 빨간 생쥐들은
남김없이 행복했답니다.

둘에게 내가 제주에서 좋아하게 된 걸 모조리 나눠줄 계획이었다. 비가
오지 않았더라면 말이다. 그들이 도착한 첫날 새벽에 호우주의보 알림이
울리더니 걔네가 머무는 삼 일 동안 비가 그치질 않았다. 대구로 돌아가는
비행기도 결항하여 이튿날 가게 됐다. 매일 봐도 매일 다르게 좋았던 노을
이며, 함덕 해변 앞 돌담에 앉아 술 마실 때의 분위기, 뜨거운 날에 바다로
뛰어 들어가는 기분까지. 맑은 날에 제주가 얼마나 더 좋을 수 있는지를
보여주고 싶었다. 내가 본 걸 얘들도 보기를 바랐다. 우비를 입고 우산을
써도 온몸이 쫄딱 젖어버리는 비를 가르며 며칠을 보내게 될 줄은 몰랐다.
미현 투어만 믿으라며 떵떵거렸는데 비가 오는 날엔 도무지 무얼 하면 좋
을지 퍼뜩 떠오르지 않았다. 비를 왕창 맞은 채로 갈 만한 곳이 딱 하나 있
다며 내가 친구들을 이끈 곳은 사려니숲길이었다. 비 오는 사려니숲 안에
서 키 큰 나무 사이로 자욱한 안개를 봤던 일은 손에 꼽을 정도 좋았다. 숲
과 비는 잘 어울리는 구석이 있다. 그걸 보여주면 좋겠다 싶어 나는 애들
을 숲으로 데려갔다.

택시에서 내려 사려니숲길로 걸어갔다. 우리 시야엔 흰 안개가 눈에 꽉 차 있었다. 바로 앞만 볼 수 있을 정도였다. 우리가 살던 곳에선 이만큼 자욱한 안개를 본 적이 없었다. 그 길을 걸어가던 오후, 속상한 마음을 떨치고 빗속에서도 즐거워지려고 생각나는 대로 아이돌 노래를 떼창하며 걸었다. 문제가 생길 때마다 근심과 걱정을 모두 떨쳐버리라며 '하쿠나마타타'를 외치고, 라이온킹 노래를 불렀다. 거추장스러운 우산을 던지고는 빗속에서 삼각대를 세웠다. 핸드폰이 비에 젖든, 어깨에 멘 우쿨렐레가 젖든 상관없이 에라 모르겠다 하고, 다시 하쿠나 마타타를 불렀다. 그날 우리는 각자 가진 빨간색 원피스를 꺼내 입고 왔다. 트윈룩이라면 질색하지만, 이번 한 번뿐이라며 친구들의 부탁을 못 이기며 들어준 나였다. 빨간 원피스를 예쁘게 맞춰 입곤, 머리랑 옷이 다 젖은 채로 숲을 뛰어다녔다. 물에 젖은 흙이 여기저기 튀어 흰 신발이 엉망이 됐고, 종아리에도 흙탕물 자국이 선명했다. 피하려 하면 성가시게 느껴졌을 비도, 흠뻑 젖으니 아무렇지 않았다. 심지어 마구 쏟아지는 비가 어이없어서 웃다가 정말 깔깔 웃게 됐다. 우리는 머리, 옷, 신발이 엉망인 채로 숲에서 '엉망이 되었다'는 사실 하나로 웃고 있었다. 걔네랑 있으면 나는 여전히 17살이다.

온몸이 비에 젖은 채 미안한 기색을 비추며 택시를 탔다. "그렇게 예쁘게 맞춰 입고 비를 쫄딱 맞아서 어떡해!" 기사님의 첫마디였다. 쫄딱 젖은 몸이 미안했던 우리는 기사님이 첫마디에 무장해제되었다. 첫마디를 시작으로 사려니숲에서 함덕으로 돌아가는 동안에 기사님과 우리의 대화는 끊이지 않았다. 말솜씨만 들어도, 단번에 딱 느껴졌다. 자기 일을 사랑하는 분이었다. 기사님은 제주 토박이인 아내를 만나게 된 이야기, 제주에 정착하게 된 이야기를 했다. 벌써 사십 년 즈음 된 이야기였다.

"기사님. 뭘 하면 20대를 잘 보낼 수 있을까요?"

민이 능청스럽게도 질문했다.

잠깐 침묵하던 기사님은 "음. 연애."라고 답했다. 우리는 뜻밖의 대답에 빵 터졌다. 그래 그럼, 사랑 빼면 시체지. 우리는 깔깔 웃는 걸로 대답을 대신했다.

기사님이 곧이어 말했다. "여행. 여행은 혼자 해도 좋고, 둘이어도 좋고, 뜻 맞는 셋이어도, 넷이어도 좋아. 내가 할 수 있는 거 이상으로 바라게 되지? 그치만 앞으로 살다 보면 욕심을 버려야 할 일이 많아. 비울 줄 알아야 해. 그래서 여행이 좋고. 딱 세 가지만 명심해."

우리는 궁금한 표정을 지었다.

"날씨 탓은 하지 말 것, 잠자리 탓은 하지 말 것, 음식 탓은 하지 말 것."

그리고 비가 와서 볼 수 있었던 것, 뜻밖의 잠자리 덕에 얻은 행복을 이야기해주었고, 세상의 어떤 주방장도 음식이 맛없기를 바라며 만드는 사람은 없다고 말했다. 나에게 맞지 않는 음식이 있을 뿐이지, 맛없는 음식은 없다고.

그 순간 비에 젖은 우리를 떠올렸다. 좋은 곳에서 맛있는 음식을 먹고, 좋은 숙소에서 잠을 자고, 계획한 대로 순조롭게 딱딱 맞아떨어지는 여행을 할 수도 있지만, 가려던 곳이 문이 닫혀 있기도 하고, 저렴한 숙소에서 조금 불편하게 지내기도 하고, 값싼 음식으로 끼니를 때우기도, 대중교통을 이용하기도 하고, 가끔 씻지 못하기도 하고, 맑은 날이면 좋겠지만 비가 오기도 하고, 그 덕에 맑은 날엔 못 보는 걸 보기도 하고. 그런 거지 생각했다.

차에서 내리면서 기사님에게 다음에 제주에 오게 된다면 이 택시에서 다

시 만났으면 좋겠다고 인사했다. 기사님은 우리를 빨간 생쥐들로 기억하
겠다고 말했다.

십 년 전 여름

 그때가 떠오르네. 내가 18살이던 해에 찌는 듯한 여름이었지. 까만 나시에 핫핑크색 핫팬츠를 입고, 청남방을 허리에 둘러 오동통한 다리를 겸사겸사 가리고 잔뜩 멋을 냈어. 내 옆에는 당시 유행이었던 5부 바지를 입은 심이가 있었지. 걔와 시외버스를 타고 경주에 갔어. 내 인생 최초의 주도적 여행이었지.

 구글맵, 네이버 지도 없이 다니던 시절이라, 시외버스터미널에서 지도가 그려진 리플릿 한 장을 챙겨 나왔어. 심이와 난 곧장 즐비한 자전거 렌털 숍중 한곳에 들어가 자전거를 빌렸지. 적당히 그늘진 나무 밑을 찾아 열심히 자전거 페달을 밟았어. 딱 적당한 자리에 자전거를 세워 두고 아침부터 부지런히 만든 도시락을 꺼냈지. 단 두 명이었지만 '누구 도시락이 더 맛있나'를 두고 승자 없는 치열한 승부를 벌였어. 서로 자기 도시락이 최고라 우기며 한치의 양보도 없이 1 : 1의 스코어로, 의미 없는 승부를 마쳤지. 야무지게 도시락을 비우고 자전거에 올라타 지도를 따라가기도 하고, 가끔 아무 곳에나 자전거를 세우고 쉬어 가기도 했어.

 그때 예고 없이 비가 왈칵 쏟아지는 거야. 심이와 난 집으로 돌아가는 버스 시간에 맞춰 가야 했기에 소나기를 가르며 달리는 수밖에 없었어. 그런데 왜 그랬을까. 피하지 못해 쫄딱 맞은 비가 너무 즐거운 거야. 난 아직도 내 여행 인생, 최고의 순간을 생각하면 18살 찌는 듯한 여름에 자전거 위에서 맞은 소나기를 떠올려. 화창한 날씨는 계획하지 마. 갑자기 쏟아지는 비를 만나도 아주 즐거울 거야.

11시에 봐

우리는 약속이나 한 듯 밤 11시에 모인다. 게스트의 소등 시간은 우리의 점등 시간이기도 했다. 밤 11시에 모여 우리가 하는 일은 달밤에 체조하러 나갔다 술을 마시고, 별 보러 갔다가 술을 마시고, 그냥 마시고 싶어서 마시고, 오늘은 안 마신다 말하고 마시는 일이었다. 한심하게 보인 대도, 내가 그 밤 덕에 숨통이 트였다면 그만 아닌가. 나도 언젠가 그 밤의 바깥에서 한심해 보인다고 생각했던 때가 있었다. 막상 그 밤 안에 들어가자 한심으로 엮어 낼 수 없는 게 있었다. 바깥은 한창 여름을 가리키고 있었고, 우리는 여름과 꼭 닮아 있었다. 여름은 좀 그래도 되지 않는가. 아니 그래야 하지 않는가.

이전에는 밤새 술을 진탕 마셔본 기억이 없다. 스무 살 때 그랬을 법노 한데, 소주를 마시고 돌아오는 길에 연거푸 토를 걷어냈던 개강파티 이후, 나는 술이라면 질색하고 살았다. 필름이 끊길 때까지 마셔본 이력도 없었고, 취하는 나를 내버려 둔 적도 없었다. 그런 게 몸에 배서인지, 정신을 놓아버리고 싶었을 때도 그러는 법을 몰라서 그러지 못했다. 술이 들어가지 않은 상황에서도 마찬가지였다. 도시에서 나는 대개 멀쩡한 정신을 잡고 살았다. 좀 흐트러질 법도 한데 말이다. 가끔 멀쩡해 보이려고 하다 속병을 키우기도 했다. 나는 욕도 하지 않고 술도 마시지 않고 망가질 줄도 모르는 사람이 정말 건강한 건지 잘 모르겠다.

제주에 오고 나서 나는 이전 생활로부터 완벽히 분리되는 데 성공했다. 내 앞에 앉은 애가 제주는 사람을 자연스럽게 하는 구석이 있다고 읊조리며 캔맥주를 들이켰다. 나도 고개를 끄덕이며 맥주를 들이켰다. 걔는 어떤 시선에도 아랑곳하지 않고 자기 집 마냥 웃통을 훌러덩 벗고 다니며 생활했었는데, 그런 말을 했던 걸 보면 걔도 도시에서 지낼 때의 모습은 내가 알던 모습이 아닐지도 모르겠다.

거의 매일, 밤 11시가 되면 우리는 바다 앞 돌담에 앉아 편의점에서 사온 봉지 과자를 놓고, 취향에 따라 고른 술을 홀짝였다. 우리가 밤을 새우는 방법은 상대편을 죽일 듯이 살벌한 기운을 뿜으며 게임을 하거나, 블루투스 마이크를 연결해 노래하거나, 아무 춤이나 추고, 밤낚시를 나갔다 잡아온 한치로 라면을 끓여 먹거나, 머리부터 발끝까지 젖은 채로 물총을 들고 뛰어다니거나, 지난 연애 이야기를 하다 전화하겠다고 하면 말리거나, 그러다 우는 애 옆에 가만히 앉아있는, 나열하자면 이런 일들이다. 한 번은 밤새 마시고 해변 옆에 있는 서우봉에 일출을 보러 올라가기도 했었다. 이른 아침에 운동하러 나온 어르신들이 우리를 보고 "젊은이들이 아침부터 부지런하네~"하고 칭찬을 하셨는데, 차마 밤새운 거라곤 말을 하지 못 해 멋쩍게 웃기만 했다.

개중에는 '도란도란'이라는 단어를 좋아한다며, 도란도란 이야기하는 지금이 좋다던 누군가의 말이 여름밤을 다정히 감싸던 밤도 있었다. 귀뚜라미 소리에도 가만히 귀 기울이던 밤이었다. 가끔 그런 밤에 취하면 내가 알던 왁자지껄한 그 사람들이 아닌 것 같아 그들이 더 좋아지기도 했다. 깜깜한 밤에 켜진 노란 조명으로 기억하는 밤들. 우리는 너무 우스꽝스럽다가도, 가끔 자신의 알맹이를 꺼내 보이는 데도 서슴없었다.

나보다 앞서 육지로 간 친구가 다른 건 몰라도 밤 11시는 생각나더라고 말해왔다. 나 역시 돌아온 후로 그 밤들을 떠올린다. 밤 11시부터 시작이던 그 밤들을. 우리는 적어도 그 밤에 평소보다 솔직했다. 나는 종종 무장해제되었던, 어떤 식으로든 솔직했던, 그 밤이 떠오른다.

인사

    제주에서의 마지막 일주일이 지나가고 있었다. 7월의 마지막 주였다. 이번 여름은 대체로 덥지 않은 편이었는데, 주방 안에 들어가면 숨 막히고, 청소하다가 온몸이 끈적해지는 걸 보니, 여름은 여름이었다. 나는 끈적해진 몸에 들러붙는 습기를 견디며 빨래를 널다 말했다. 8월의 시작과 동시에 떠나는 게 다행이라고. 말은 그렇게 했어도, 내심 섭섭한 표정이 감춰지진 않았다. 내 말에 고개를 끄덕이던 애도 그래 보였다. 살 수만 있다면 제주에서 살고 싶은 심정이었다. 그 마지막 주 동안 매일 그 밤 안에서도 그 밤을 그리워했고, 그 장소 안에서도 그 장소를 그리워했고, 그 사람들과 있으면서도 그 사람들을 그리워했다. 공기, 바람, 그 안에서의 감정, 그리고 두 달 동안의 내 모습도. 눈앞에 두고도 그토록 그리웠던 마음은 무엇이었을까. 처음 느끼는 생소한 감정들에 어리둥절한 채로 시간은 흘러가고 있었다. 내가 무진장 그리워할 여름의 한가운데를 지나는 중이었다. 누군가 돌아오며 여름이 끝난 것 같다고 말했다. 우리가 제주에서 떠나올 때, 8월은 막 시작되고 있었다. 우리가 보낸 날은 얼마나 진했기에 여름은 한창이라는데, 끝나버린 것 같았을까.

떠나기 하루 전날에는 아쉬운 마음에 밤을 꼴딱 새웠다. 눈앞의 파도는 계속해서 바위를 치고 있었고, 우리는 일몰을 보기도 했고, 노래를 부르기도 했던 바다 모퉁이에 앉아 어떤 밤보다 반짝이는 밤을 보내고 있었다. 수화기 너머로 어디냐고 묻는 말에 이제 "우리 그때 ~~ 했던 곳 있잖아." 이렇게 기억을 더듬는 설명이 더 어울리게 된 그 앞에서였다. 은박지 돗자리에 둘러앉아 맥주 몇 캔을 놓고 도시에서의 시간과 제주에서의 시간이 다르게 흘러감에 대해 이야기했고, 돌아가서의 일을 이야기했다. '우리는 이토록 다른 사람들이었구나.' 마지막 밤에서야 그걸 알았다. 서로 다른 고민을 하고 있었지만, 다들 살아가는 일이, 자기 자신이 애틋한 사람들이라 서로 비슷하다고 느껴왔구나. 욕심 같아서는 하나도 빠뜨리지 않고 통째로 기억하고 싶은 마음이 들던 밤이었다. 내 욕심과 달리 그 밤의 대화는 이제 희미해졌다. 나는 그날 우리의 표정을 기억하고 있을 뿐이다. 걔들과 나의 고민은 그때도 지금도 수없이 반복되고 있을 터였다. 그리고 반복 속에서 더 반짝이게 될 거라는 걸 나는 알고 있다. 그날의 우리들은 여느 때보다 좋아 보였으니까.

한숨도 자지 않고 돌아오던 아침에, 마지막으로 남아 있는 친구들에게 짧은 쪽지를 썼다. 어떤 말이 적절한지 알 수 없어서 횡설수설 쓴 쪽지를, 걔들이 자는 사이에 침대 밑에 붙여 두고 왔다. 인사였다. 다시 볼 수 없을지도 모르고, 다시 볼 수 없다는 걸 알았던 것 같다. 다시 보게 된다 해도 제주에서 만난 나와 걔들은 없을지도 몰랐다. 우리는 이곳에서 있는 동안 평소보다 풀어진 채로 살았으니까.

비행기를 타자마자 밤새 못 잔 잠이 쏟아졌다. 잠깐 몰려오는 잠을 자고 나니, 대구였다. 한 시간이면 돌아오는 곳인데 아주 먼 곳을 다녀온 것 같았다. 이 동네는 여전했다. 여전하다는 게 가슴에 턱 받혔다. 어젯밤에도 이 집으로 들어갔었고, 나는 잠시 외출을 다녀온 것 같았다. 평소 같았으면 집이라는 안도감에 '역시 집이 최고야.' 같은 기승전집을 외쳤겠지만, 되려 잠겨버린 기분이 감당되지 않았다. 제주에서 지낸 두 달이 정말 꿈이었나. 깨고도 선명해서 현실과 꿈의 경계가 흐릿해지는 꿈. 지워지지 않아 내내 마음에 남는, 그런 꿈을 꾸고 돌아온 건가. 이상한 기분이었다. 제주에 있는 동안 여러 사람을 떠나보냈다. 그때 사람을 떠나보낼 때보다, 자기가 떠날 때가 가장 힘들다는 말을 누군가 했었다. 아리송한 채로 고개만 끄덕였던 그 말이 비로소 소화되고 있었다.

현관문 앞에 캐리어를 내버려 두고, 몸만 겨우 씻은 뒤 한나절이 넘게 잠만 잤다. 눈을 떴다 감았다 두 달간 밀린 잠을 몰아서 자는 사람처럼 정신없이 잤다. 늦은 오후 무렵 메시지 알람 소리에 잠에서 깼다. 아침에 남기고 온 쪽지의 답장이었다. 답장을 기대하고 쓴 쪽지는 아니었지만, 막상 손 글씨로 적힌 답장을 보니 나는 조금 괜찮아져 버렸다. 기대했던 걸지도 모르겠다. '우리는 서로의 글씨체도 모르다 지나갔을 수 있었던 사이였을지도 모르지만, 그뿐만은 아니었을지도 모르겠네.' 라는 말로 시작하는 편지였다.

여전히 그 두 달이 우리가 보낸 시간의 전부라는 생각을 한다. 우리가 다시 보든, 보지 않든 그 차이는 중요하지 않다. 우리가 같이 만들어낸 두 달은 내 안에 지금까지도 아주 진하게 남아있다. 나는 어디서든 제주에서의 시간을 빼먹지 않고 이야기한다. 종종 내 두 달 안에 있던 그 사람들 모습을 떠올린다.

우리가 다시 만나지 않아도 그 시간이 얼마나 중요했는지를, 너희도 어디선가 말하고 있을 거란 생각이 들어. 어디서든 잘 지냈으면 좋겠다.

2부

어쩌면 우리는
계속 여행 중이군요

몽골

개의 첫 해외여행

 몽골로 떠난 건, 제주에서 돌아온 지 삼 일째 됐을 때였다. 제주에서 보낸 두 달이 소화되지 않은 채 순식간에 여행이 진행되었다. 삼 일 동안 나는 여전히 제주를 앓고 있었다. 내 체력을 과대평가한 탓에 몸 상태도 엉망이었다. 몽골여행은 연초에 "저지르고 수습하자"라는 말을 습관처럼 뱉을 때, 저지른 일 중 하나였다. 나는 불어버린 수습할 일들을 완전히 감당해내지 못하며, 인천공항으로 갔다.

 몽골에서 보내는 동안은 민과 함께한다. 11년째 여전히 내 친구인 개, 친구란 말로도 조금 부족하다 싶어 '제일 친한'이라는 고리타분한 수식어를 꼭 붙여 설명하는 개와 말이다. 첫 해외여행에 들뜬 민을 나는 덤덤하게 지켜보며, 대충 맞장구를 쳐주곤 탑승 시간을 기다렸다. 개는 평소에 평범하지 않은 표현으로 무심한 나를 피로하게 할 때가 있었는데, 오늘은 여느 때보다 더 들떠 보였다. 모든 처음은 그렇다는 걸 알면서도, 개의 하이톤의 목소리와 말투, 어설픈 행동에 조금 피로해져, 나는 혼자가 되고 싶어졌다.

비행기를 타고 내리는 일에 대한 설렘은 진작 사라졌다. 몇 년 넘게 세계 여행 중인 대단한 여행가도 아닌데 말이다. 이번에 알게 된 점이 하나 있다면, 두 달 정도 여행이 나에게 딱 적당하다는 사실이다. 창가 자리는 민에게 내주었다. 창밖으로 보이는 풍경에 일일이 반응하는 일도 귀찮아서 양보한 건데 그것도 모르고 걔는 내게 천사라고 했다.

우리가 같이 이 비행기를 타게 된 이야기를 하려면, 일 년 전으로 거슬러 가야 한다. 우린 어마 무시하게 많은 별이 보고 싶었고, 사막에 가고 싶었다. 우리가 아는 가장 가까운 별과 사막은 몽골이었다. "언젠가 꼭 몽골에 가자."라며 민과 나는 동네 술집에 앉아, 그렇게 기약 없는 약속을 해버렸다.

당장은 가망 없다 생각했던 그 약속은 생각보다 빠르게 진척됐다. 내년에서, 내년 여름으로, 8월로, 달이 지날수록 구체화 되었다. 민과 나는 가거나 말거나 여행 자금을 같이 모아보자고 통장을 만들었다. 못 가면 나눠 가지지 뭐. 이렇게 말하면서. 그렇게 시작된 일이 정말 현실이 된 것이다. 뱉어낸 말들에 끌려, 우리는 늘 말해왔던 별과 사막이 있는 곳으로 가고 있었다. 한 사람은 아주 지쳐 있었고, 한 사람은 아주 들떠있었다.

비행기 탑승 수속을 하는데 우리 차례에서 멈췄다. 승무원이 뭔가 확인했다. '뭐지? 뭐가 잘못된 건가.' 잠시 뒤, 승무원은 비즈니스석으로 업그레이드됐다고 말했다. 잠시 근심이 내려앉았던 얼굴이 얼떨떨한 표정으로 바뀌었다. 아직 상황 파악이 되지 않은 채 우리는 표를 다시 받아 들고 탑승구로 걸어갔다. 민과 내가 동시에 외쳤다. "개 꿀!!!!!" 가끔 이런 행운이 있기도 하구나 싶었다.

 내게 이런 행운은 익숙한 종류의 것이 아니었다. 배정된 자리를 찾아 앉았다. 조금은 신나기도 했지만, 어쩐지 앉은 자리가 불편하고 이질감이 들기도 했다. 매번 덜덜거리면서 여행을 다녀오는 게 진짜 내 모습이었으니까, 이 행운이 내 것 같지가 않았다. 내가 할 수 있는 건 흉내 정도였다. 나는 평소 잘 먹지 않는 음식을 앞에 두고 있는 것 같았다. 어떻게 먹는지 몰라 옆 사람 눈치를 살살 보며 따라 하고 있는 사람이 된 것 같았다. 옆에 앉은 민은 아까보다 더 들떠 보였다. 걘 그냥 티 없이 맑았다. 안 그래도 볼륨 조절이 되지 않는 걔 목소리가 내 귀에 그대로 박혀왔다. 제발 한 톤만 낮추라고 애원하며 걔를 진정시켰다. 그러다 다리를 한 번 쭉 뻗어보고는 나도 실감했다. '뭐지 이 다리의 자유분방함은? 기내식이 코스야? 이렇게까지 눕는다고?' 행운은 나처럼 깊이 생각할 필요가 없었다. 좋은 게 좋은 거니까. 어느새 나는 개와 같이 호들갑을 떨고 있었다. 얘랑 나는, 그래 친구다.

 그 자리가 익숙한 사람들 속에서 우리가 튀어 보여서 그랬을까. 승무원 언니는 우리에게 몇 번이나 물어봐 주며 입맛에 맞는 와인을 찾아주었다. 우리가 민망하지 않게 살뜰히 챙겨주는 모습은 업무 이상의 호의로 느껴지기도 했다. 우아한 친절이었다. 민이 수첩을 찢으면서 제안했다. 승무원 언니에게 편지를 쓰자고. 너답다는 말이 나올 수밖에 없었다. 나는 민이 먼저 적은 쪽지를 받아, 뒷면에 '친구가 너무 좋아서 나도 행복하다. 덕분이다.'라고 감사 인사를 남겼다. 쪽지를 건네받은 승무원 언니가 "어머!"하고 귀여운 외마디를 외쳤다. 민이 옆에 있다는 건, 이런 일들이 대수롭지 않게 일어나게 될 거라는 걸 의미하기도 했다.

아무튼 비즈니스석은 좋다. 호들갑을 떨며 기내식만 먹었는데 4시간이 지났다. 여긴 울란바토르공항이고, 내 옆엔 11년째 여전히 내 친구인 걔가 있다.

아는 사람 한 명

한숨도 자지 못하고 침대에서 몸을 일으키니, 반대편 침대에서 자던 민이 내 인기척에 눈을 살짝 뜨고 "미현이 안녕"하며 인사했다. 이 방안엔 잘 모르는 남자 네 명과 여자 두 명이 있고, 내가 누구보다 잘 알고 있는 민이 있다. 민이 잘 잤냐고 물어오는 아침, 잘 아는 사람의 안부 인사에 안심하며 기지개를 쫙 폈다.

떠나기 육 개월 전부터 네이버 카페로 동행을 구했다. 몽골은 자유여행이 어렵다더라. 여섯 명은 모아야 적당한 가격에 갈 수 있다더라. 감이 잡히지 않아 그 말을 따라 카페를 뒤지기 시작했다. 나중엔 도무지 일정이 맞는 팀이 없어 나서서 동행을 구했다. 게시글을 올리고, 사람들을 모았다. 그렇게 어느새 여섯이 되고, 여덟이 됐다. 그 후로 나는 이 사람들을 한군데 모았다는 이유로, 암묵적으로 팀을 끌게 됐다. 그 말인즉슨 몇 번이나 나갔다 들어왔다 하는 팀원 변동의 스트레스를 떠안게 됐다는 거였다. 가고 싶다고 적극적으로 어필할 때는 언제고 죄송하다며 나가고, 일주일 내내 뜸한연락으로 내 속을 긁더니 못 간다며 나가고, 어떨 땐 아무 말도 없이 나갔다. 원래 사람 모으는 일이 쉽지 않다는 건 알았지만, 모르는 사람들이라면 더 그렇다는 걸 뼈저리게 느끼게 된 몇 달이었다.

 내가 사람들에 대해 알고 있는 정보는 카카오톡 프로필 사진, 대화창에서 나눈 몇 마디가 다였다. 그 몇 마디로 내 동행이 되어도 될지 빠르게 판가름해낼 뿐이었다. 7박을 꼬박 붙어있게 될 테니 할 수 있는 만큼 신중해야 했다.

 그렇게 사람들을 모았다. 민과 나를 포함해 총 8명. 서울, 경기, 대구, 부산, 무엇 하나 겹치는 거 없는 우리가 몽골 시내의 게스트 하우스, 한 칸짜리 방에 섞여 있게 됐다.

 여기 모르는 여섯이 있다. 모르지만, 내내 붙어서 차를 타고, 어색함을 떨쳐보려 아무 말이나 하게 되고, 드르렁거리는 코골이 소리를 견뎌야 하고, 씻지 않은 몰골을 견뎌야 한다. 밤이면 할 일이 없으니 서로를 탐색하며 시간을 죽여야 하고, 그것도 지루하면 게임이라도 해야 한다. 나는 민을 봤다. 낯선 침대 위에서 잠을 설쳤지만, 걔를 보며 조금 안심했다.

별 걸 다 공유하네

웬만하면 누군가에게 볼 일을 보는 소리를 들려주고 싶진 않다. 지면으로 쪼르르 떨어지는 소리가 귀에 박히는 걸 내버려 두고 싶지 않다.

시야가 탁 트인 들판을 처음 마주했을 때 탄성은 몇 시간이 지나면 쏙 들어간다. 처음 본 풍경이 종일 이어지는, 몽골은 그런 곳이다. 푸르공 안에서 맥주를 마시고, 담소를 나누다 그것마저 지루해지면 아는 노래를 틀어놓고 떼창하고, 떼춤추고, 지쳐서 졸고, 깨서는 또 그런 일들을 무한 반복한다.

오기 전에 들었던 대로 사막엔 화장실이 없다. 아니 어디에나 화장실은 있다고 해야 하는 건지도 모르겠다. 차만 세우면 어디든 화장실이니 말이다. 급하면 긴 망토 하나를 챙겨 차 문을 열고 나간다. 그 모습은 야심 차보이기도 한다. 들판에 자리를 잡고 한 명은 망토의 왼쪽을, 한 명은 오른쪽을, 한 명은 중앙을, 그리고 한 명은 바지를, (아. 너무 자세했나요.) 바지를 내리고 쪼그려 앉는 동시에 망토를 쥔 세 명도 합을 맞춰 앉는다. 쪼르르 떨어지는 소리가 민망할까 봐 나머지 세 명은 배경 음악도 깔아준다. 아즈뱅야 발발이 치와와. 과연 사막에 어울리는 BGM이다. 깜깜한 밤이 오면 몸을 가릴 망토니, BGM이니 그런 것도 필요 없어진다. 게르 안에 여자 넷은 동시에 사라지면서 남자 넷에게 나오지 말라고 당부해둔다. 화장실까지 가는 길이 너무 멀다며 게르 앞 아무데서나 노상방뇨를 일삼는다. 여자 넷은 어둠과 적막 속에서 쪼르르 쉬를 눈다.

겨우 하루 만이었다. 하루 만에 거참. 별걸 다 공유하게 됐다.

기억 조작

생전 그렇게 많은 별은 처음 봤다. 우리는 별을 보다 게르를 두고, 야외 취침을 하기로 했다. 눈떴는데 아무도 없으면 배신이라며 아침까지 꼭 있으라고 힘주어 말했고, 대답 역시 당연하다며 힘주어 돌아왔다. 맨바닥에 돗자리 하나 깔고, 침낭 안에 숨어 별을 보다 쏟아지는 잠을 참지 못하고 잠들었다.

이른 새벽에 잠에서 깼다. 추웠다. 깨서 추운 게 아니고, 추워서 절로 눈이 뜨인 거였다. 머리까지 침낭 안에 숨겨봤지만 소용없었다. 내 옆에는 아까 내게 배신이니 뭐니 하고 들먹인 걔가 아직 버티고 자고 있었다. 너무 추웠다. 아씨 너무 추운데. 절대 못 들어가겠다. 괜히 힘주어 말했다고 생각하며 달달 떨면서 버티고 있는 내 꼴이 웃겼다. 의리는 개나 줘버렸어야 했는데. 별이 부른, 처음이자 마지막 야외 취침이었다. 것도 안줏거리가 되었으니, 모쪼록 몽골은 미화되기 좋은 곳이다.

우리 이야기 좀 해줘

"우리 이야기 좀 해줘"라는 대사로 시작되는 영화 〈프란시스 하〉의 한 장면을 좋아한다.

프란시스와 소피, 두 친구는 침대에 누워 그렇게 말하곤 '우리' 이야기를 시작했다.

–소피 : 우리는 세상을 정복할 거야.

–프란시스 : 너는 끝내주게 재수 없는 출판계 거물이 될 거야

–소피 : 너는 유명한 현대 무용가가 될 거야. 그럼 너에 대한 진짜 비싼 책을 내가 출판해 줄게

–프란시스 : 우리가 놀려 대는 얼간이들이 그 책을 탁자에 올려놓을 거야

–소피 : 파리의 별장을 공동 소유할 거야

–프란시스 : 그리고 애인도 생길 거야

소피는 프란시스의 이야기를 들려주고, 프란시스는 소피의 이야기를 들려주는 이 장면이 아찔하게 좋아 나는 옆에 있는 친구에게 대뜸 이렇게 말하고 싶어졌다.

"얘! 됐고! 우리 이야기 좀 해줘."

•

'어린 것들의 인생 이야기는 퍽이나 웃길 수도 있겠다. 그러나 우리는 어떤 알코올 없이도 열이 오르고 아찔해 빛나도록 뜨겁다.'라는 구절이 팍 스쳤다. 이 장면이 달아나기 전에, 나는 민을 만났다. 늦은 퇴근을 한 뒤, "치킨 먹고 싶어.."라고 보낸 카톡에 민이 망설이지 않고 나왔다. 10분 거리에 걔가 산다는 게 새삼 다행스러웠다. 늦은 밤이라 곧 문이 닫힐 치킨집을 뒤로하고, 동네 술집으로 들어갔다. 민은 한두 모금의 술도 힘들어하는 사람이라, 우리는 사이다 한 병과 치킨을 앞에 두고 어린 것들의 인생 이야기를 시작했다. 민은 나에게, 나는 민에게 꾸밈이 없었다. 우리는 정말 알코올 하나 없이도 우리 사는 이야기에 열을 올리고 벅찬 꿈을 말할 수 있었다. 그날도 그랬다. 나는 몇 주째 내게 남아있는 프란시스 하의 한 장면에 대해 열을 올리며 구구절절 이야기했다. 민은 내 말을 다 듣고 이렇게 말했다.

"우리도 하자!"

역시 민이었다. 민이 옆에 있으면 나도 덩달아 알코올 하나 없이도 걔처럼 솔직해질 수 있었다.

"좋아!"

우리는 몇 시간을 앉은 자리에서 우리 이야기로 달궈진 뒤, 깊어 가는 밤을 아쉬워하며 술집에서 나왔다. 돌아가는 길에 걔와 난, 프란시스와 소피가 되었다.

– 너는 내년 겨울에 너를 따뜻하게 해줄 사람들을 많이 만나서 겨울을 좋아하게 될 거야.

– 너는 로맨틱 코미디 드라마의 여주인공이 될 거야! 여우주연상! 올해

의 여우주연상 박○○!

 – 너는 지금 듣고 있는 수업 관계자에게 스카우트될 거야!

 – 너는 내 결혼식 때 너무너무 잘 돼서 나한테 축의금을 많이 줄 거야!!!!!(오ㅏ 핳하하핳)

 늦은 밤, 우린 서로의 말끝마다 환호성을 질러 주며 우리 삶을 열렬히 응원했다.

 그 밤에 나는 마지막으로 민에게 말했다.

 – 너는 나중에 나랑 별을 보러 갈 거야. 별이 우수수 떨어지는 걸 보면서 이 동영상을 떠올리게 될 거야.

 그리고 나는 금방 내 인생 이 장면을 잊었다. 사진첩을 어슬렁거리다 다시 찾은 이 장면은 겨우 반년 전인데, 순수하고 꾸밈없었다. 우린 이 장면에서 어떤 대사를 쳤는지 잊어버렸지만 정말 거짓말같이, 별이 우수수 떨어지는 그런 곳, 몽골 사막 어느 바위 위에 나란히 누워서 별을 올려다보고 있었다. 반년 만에 우리 이야기 중 하나가 완성된 거였다.

 듣고 싶지 않은 이야기들이 내 귀를 어지럽힐 때 〈프란시스 하〉의 한 장면을 떠올린다.

 "우리 다른 이야기 말고 쟤들처럼 아찔하도록 뜨거운 우리 이야기를 해 보자!"

아직도 여전히 바보 같은 우리

그날만 생각하면 피식하는 동시에 찡해온다. 민과 나는 분명 막 웃고 있었는데, 난데없이 차오른 눈물이 숨지 못하고 뚝뚝 떨어졌다. 그러다 우리는 서로 얼굴이 너무 우스꽝스러워서, 다시 막 웃었다. 마주 보고 있던 그 얼굴이 곧 자신의 얼굴이기도 한 걸 알았기 때문이었다.

좀 전에 우리는 모래 썰매를 타려고 사막을 오르고 있었다. 여덟 명 모두 자기 썰매를 이고 신발을 손에 쥐었고, 모래 안으로 푹푹 박히는 발을 빼내며 걷고 있었다. 가이드 언니는 꼭대기까지 못 올라가면 돌아오지 말라고 장난 섞인 겁을 줬다. 고운 모래 입자가 밟히는 느낌이 기분 좋았지만, 돌바닥을 걷는 거보다 배로 힘들다고 생각하며 언덕을 올랐다.
여덟 명이 나란히 걷고 있었는데, 중간 즈음 오니 여덟 중 여섯은 나보다 앞서 걸어가고 있었다. 딱 한 명만 내 뒤에서 모래 바닥에 시선을 떨군 채 헉헉대며 오고 있었다. 민이었다. 나는 뒤돌아보고 안도의 숨을 뱉으며 말했다.
애 너라도 있어서 다행이다. ㅋㅋㅋㅋㅋ

나는 큭큭 웃었다. 민이 빵 터졌다. 내 말에 동감한 눈치였다.

민은 운동 부족으로 헉헉거리고 있었고, 나도 마찬가지였지만, 무엇보다 내려올 길이 무서워 뒤처지고 있었다. 애초에 나는 저 꼭대기서부터 모래 썰매를 타고 내려올 자신이 없었다. 빠른 썰매를 감당할 강심장 같은 건 내게 없었다. 남들이 올라가니까 나도 올라가고 있을 뿐이었다. 상상했던 거보다 더 어마한 높이이기도 했다. 발이 떨어지지 않았다. 올라갈수록 내려올 길이 아른아른해 괴로웠다. 결국 민과 나는 오르막길 중간에 멈춰 섰다. 걘 올라가는 게 힘들었고, 난 내려올 길이 무서웠다. 나는 무서워서 못 올라가겠다고 소리쳤고, 민은 힘들어서 못 올라가겠다고 소리쳤다.

난 못 올라가겠고, 얜 못 내려오겠어.

존나 찰떡이네.

우린 이렇게 말하곤 다시 웃겨 죽겠다는 듯 뿜었다. 다들 올라가니까 나도 가야 할 것 같아서 눈치를 살살 보며 꾹 참고 오르던 길에 에라 모르겠다 해버린 거였다.

털썩 주저앉았다. 나는 온통 모래 천지인 아래를 쭉 내려다보며 말했다.

여기도 좋지 않아?

동의를 구하는 말이었다.

여기도 좋은데 그냥 여기 있을까?

뱉는 순간 속이 시원해졌다. 이게 뭐라고. 정말 이게 뭐라고, 억지로 하고 있었는지. 걔랑 나는 스스로를 누락자들이라고 네이밍하고, 뭐가 그렇게 웃긴 지 또 한바탕 웃었다.

야. 우리 못 올라가~ 그게 어때서. 못할 수도 있지.

제 발 저린 듯 큰소리를 떵떵 쳤다.

나 오이 못 먹어 그게 어때서

나 수영 못해 그게 어때서

난 수영 배웠는데 꼴찌야 만년 꼴찌야

나 달리기 못해

나도 못해

나 볼링 못 쳐

나도 못 쳐

나 다이어트 못해

ㅋㅋㅋㅋㅋㅋㅋㅋㅋㅋㅋㅋㅋㅋㅋㅋㅋㅋㅋㅋㅋ

야 잠깐만 너무 크게 웃는 거 아니야?

민과 나는 누가 누가 못하는 게 더 많은지 자랑이라도 하듯 쉴 새 없이 못하는 걸 떠들어댔다. 그게 무슨 의식의 흐름이었는진 모르겠지만, 어쩐지 뼛속까지 시원해졌다.

우리 이제 잘하는 거 이야기하자.

이번엔 내가 잘하고 걔가 잘하는 걸 이야기했다. 한참을 이야기한 끝에 우리는 그저 모래 썰매를 못 탈 뿐이라는 거창해 보이지만 허접한 결론을 내기까지 이르렀다.

여기가 학교야? 하기 싫음 말고 하고 싶음 하는 거지. 꼭 해야 하는 게 어디 있어. 안 하고 싶음 안 하는 거지.

뭐 이런 식의 대화였다. 웃긴 건 누구도 우리에게 사막에서 모래 썰매를 타라고 강요하지 않았다는 거였다. 그러니까 이건 자기 스스로에게 바락바락 소리치는 거였다. 꼭 다 해낼 필요는 없다고 말이다. 우리는 그러던 중에 닭똥 같은 눈물을 뚝뚝 떨어뜨렸다. 민이 글썽였고 나도 따라 글썽였다. 자기도 모르는 새에 울고 있었고, 그게 웃겨서 둘이 미친 거처럼 웃었다. 닭똥 같은 눈물은 여태껏 부정하던 것을 인정하는 거였다. 못하는 걸

잡고 끙끙대던 지난날들이 모두 괜찮아지는 중이었다. 우리는 못하는 스스로를 자주 싫어했으니까. 겨우 썰매 하나를 가지고 인생 교훈을 얻었다고 실실거리며 사막 위에 벌러덩 누웠다.

혼자였으면 울며 겨자 먹기로 올라갔을 거야.

내가 말했다. 내 마음 속속들이 아는 개가 지금 내 옆에 있어 다행이라 생각이 드는 평온한 한때가 지나가고 있었다. 우리는 엉덩이를 털고 일어나 썰매를 손에 들고 모래 위를 뛰어 내려왔다. 언덕 위로 낮달이 떠 있었다. 나는 그 장면을 기억하려 올려다보았다.

가끔 우리조차 꺼내 보기 부끄러운 장면들이 있다. 손발은 오그라들어도 왜인지 입가는 미소 짓게 되고, 눈가는 그렁그렁 해지는 그런 장면. 흔히 흑역사라고 말하고, 청춘이라 하고 싶기도 한 장면들이다. 잃어버리고 싶지 않은 무언가를 두려, 나는 아직도 애랑 흑역사를 바지런히 모은다. 언젠가 애랑 내가 때로 얼마나 바보 같고, 순진했는지, 그치만 얼마나 반짝이고, 진실했는지, 무엇을 꿈꾸고, 얼마나 간절했는지를 쓰고 싶다. 뭘 몰라 위태롭고 자주 휘청였던 우리의 젊은 날을 쓰고 싶다.

게르 안에 갇힌 우리

아침부터 비가 왔다. 목적지까지 가려면 반나절을 차에서 보내야 했다. 도착하면 비가 오지 않을 수도 있겠다는 기대를 걸어볼 만큼 먼 길이었다. 거기선 매일이 그랬다. 아침부터 늦은 오후까지 고르지 않은 길에서 덜컹임을 견뎌야만 하나가 주어졌다.

그날도 이러다 차가 뒤집히진 않을까 싶을 정도로 몹시 덜컹거렸다. 가뜩이나 어려운 길에 비까지 더해졌지만, 표정 하나 변하지 않는 기사님의 운전실력이 새삼 감탄스러웠다. 정말이지, 표지판 하나 없는 그곳이 그곳 같은 사막에서, 목적지를 찾아가는 걸 보고 있으면 입이 떡 벌어졌다.

여느 때와 같이 몇 백 km를 달려 오후가 되어서야 도착했다. 맑은 날씨에 대한 기대는 보기 좋게 비껴갔고, 거기도 비가 오기는 매한가지였다. 묵게 될 게르 안에선 지독한 냄새가 났다. 낙타 냄새 같은 특유의 냄새가 습기 때문에 더 짙어져 정체 모를 악취를 풍기고 있었다. 틈새로 비가 들어와 바닥은 젖어 있었고, 침대는 눅눅했다. 그치지 않는 비로 인해 모든 일정은 취소됐고, 우리 여덟 명은 형편없다는 말이 절로 나오는, 냄새나고 꿉꿉하고 추운 게르 안에 옴짝달싹 못하고 갇히게 됐다.

게르 중앙에는 넓적한 침대 하나가 있었다. 우리는 그 위에 비좁게 모여

서 한쪽 모퉁이에서 책을 읽었고, 그 옆에서 핸드폰을 만졌고, 나는 마주
앉아 바느질을 했다. 민이 몽골에 온다고 새로 산 빨간 원피스에 달려있던
단추 하나가 떨어져서였다. 바느질에 서툰 민을 대신해, 나는 걔의 이미
떨어진 단추와 언젠가 떨어질지도 모르는 단추를 여물게 바느질하며 뻥
비어버린 시간을 보내고 있었다. 그러는 사이, 나는 캐리어 안에 있던 색
연필과 빈 종이를 꺼내 민에게 건넸다.

나 단추 다는 동안 그림 그려줘.

그게 그림대회의 시작이었다. 한 명 두 명 애도 종이 달라 쟤도 종이 달라
하더니 우리는 모두 그림을 그리기 시작했다. 평소에 그림이라면 못 그린
다는 말부터 하면서 철벽을 치던 나도 분위기를 타 색연필을 쥐고 있었다.
주제는 암묵적으로 몽골이었다. 우리는 같이, 각자의 몽골을 그렸다. 남자
고, 여자고, 못 그리고, 잘 그리고 그런 건 상관없이, 누구도 못하겠다거나,
안 하겠다고 빼지 않고 얌전히 그림을 그리기 시작했다. 그 모습은 귀여
움 자체였다. 나는 자리만 깔아주면 기다렸다는 듯, 튀어나오는 본심을 보
며 생각했다. 누구나 자기표현을 좋아한다. 쑥스러워할 뿐이었다. 내심 가
져온 색연필과 종이가 제 역할을 찾아간 게 뿌듯했다. 어떤 앤 우리의 시
그니처 사진 포즈를 그렸고, 어떤 앤 기억에 남는 장면들을 몽땅 빈 종이
위에 모았다. 어떤 앤 별자리를 그렸고, 어떤 앤 우리 캐리커처를, 어떤 앤
우리 모두가 제일 좋아했던 단체 사진을 그렸다. 각자의 그림은 설명하지
않아도 모두 알아봤다. 7박을 온전히 붙어 지낸다는 게 그랬다. 그때 그거
라는 모호한 설명에도 다들 알아차리는 몇 가지 기억을 공유하게 되는 거
였다.

말은 그림대회라고 시작했지만, 그 안에서 성실하게 그려진 그림들은 어
떤 비난도, 비판도 없이 칭찬 속에서 평온했다. 잘해도 못해도 상관없고,

잘했든 못했든 무조건 잘했다고 말하는 게 위험하지 않은 그런 시간이었다. 색이 몇 가지 없는 내 색연필로 할 수 있는 최선을 다해 그림을 그렸던 낮 시간, 눅눅하고 컴컴한 게르 안이 퍽 이 시간과 잘 어울린다는 생각이 들었다. 나는 우리 얼굴에 내려앉은 표정이 같은 게 좋았다. 자주 그려야겠다고 생각했다.

민은 자기를 닮은 채도 높은 색으로 그림을 칠하고도 시간이 남았는지, 뒷면에 편지까지 썼다. 이쯤이면 걔를 몰랐었던 나머지 6명도 걔가 어떤 앤지 대충 짐작할 수 있었다. 표현에 스스럼없는 애, 좀 피터팬 같은 구석이 있는 애, 맑은 애. 걔 친구인 나는 그 편지를 소리 내 읽기를 자처했다. 촐싹거리는 내 음성으로 읽혀진 민의 편지로, 우리 시간은 수련회 둘째 날 캠프파이어처럼 흘러가고 있었다. 한 친구가 헌책방에서 사온 몽골 여행 서적의 한 구절을 읽었고, 바깥의 빗소리와 섞인 우리 음성과 웃음소리가 게르 안에 울리고 있었다.

아니, 마지막 밤 같잖아.

우리는 다정함이 조금 울적해졌다. 아직 오지 않은 마지막 밤의 기분을 미리 맞아버린 거였다. 이르게 찾아온 기분을 빠르게 바꿔내려, 좁은 게르 안에서 부산히 움직이기 시작했다. 티비에서만 봤던 스피드 게임을 정신 놓고 했고, 살벌한 기운을 뿜으며 마피아 게임을 반복했다. 잠깐 오고 그칠 줄 알았던 비는 내내 내렸다. 우리는 게르 안에 이렇게 갇히는 것도 좋다고 생각하며 새벽이 오도록 시간을 죽였다.

내일도 없이 부어라 마셔라 게임하고, 의미 없는 농담이 오갔던 밤은 그런 밤대로. 누구도 부끄러워 않고 가진 모습대로, 가진 진심대로 드러냈던 낮은 그런 낮대로. 나는 그 밤과 낮을 모두 외워버렸다.

별 아래서

종일 보슬비가 내렸다. 우리는 여행 초입에 보았던 별이 마지막이 될 줄은 몰랐다고, 못내 아쉬운 소리를 하고 있었다. 며칠째 조금씩 내리던 비가 마지막 날이 되도록 그치지 않았던 거였다. 낮 동안엔 이왕 이렇게 된 거 무지개라도 봤으면 좋겠다고 입 모아 이야기했는데, 것도 뜻대로 되지 않았다.

다 됐고, 지난밤에 못다한 마피아 게임을 밤새 질리게 하기로 했다. 마피아 게임으로 민과 나의 의리는 두 동강 나기 직전이었고, 우리는 배신에 배신을 연속했다. 조금만 더 했다간 민이 울지도 몰랐다. 걔는 게임인데 진짜 배신당한 표정을 지어 보였다. 능청스러운 내 거짓말을 의심 없이 믿었다. 게임하는 동안에도 의리가 존재하는 줄 아나 보다. 피 튀기는 와중에 시간은 새벽 세시가 돼 가고 있었다. 게르 밖에 빼꼼하니 구름이 싹 걷히고, 웬걸 별이 온통 하늘을 덮고 있었다. 침대 위에 있던 침낭을 챙겨, 핸드폰 플래시에 의존한 채 언덕을 올랐다. 큰 바위 위에 침낭을 입고 누워 플래시를 껐다. 주변이 캄캄해지고, 별이 또렷해졌다. 코끝과 발끝이 시린 걸 참기 어려웠지만, 우리는 침낭 안에 웅크려 너도 봤냐 나도 봤다 하며 떨어지는 유성을 보았다. 더 못 보고 갈 줄 알았던 별이 반가웠던 만큼 봤냐는 말이 난무했고, 호들갑이 난무했다. 갑자기 뭔가 나타나도 모를 캄캄한 어둠 속에서 눈앞에 보이는 별과 서로의 음성에만 귀를 기울였다.

올라올 때만 해도 넷이었는데, 민과 나만 남아있었다. 민과 나는 나란히 누워 몇 번이나 같은 데시벨로 소리를 질렀다. 소리 지르느라 소원을 빌어 볼 새도 없이 말이다. 몇 번이나 마음먹어도 새어나가는 소리를 참지 못하고, 백이면 백 실패했다. 민과 나는 다음번엔 절대 소리 지르지 말자고, 큰 결심이라도 한 듯이 말했다. 잠시 후 또 별이 떨어졌다. 걔랑 나는 입술 사이로 새어 나가려는 소리를 삼키려 입을 꾹 다문 채 소원을 빌었다.
미현이 이렇게 같이 봐서 너무 좋다.
민이 말했다. 갑자기 나는 내가 너무도 부끄러워졌다. 걔 입에서 나오는 그 말이 너무 맑은 진심이라 그랬다. 몽골에 있는 내내 지쳐있었던, 나 하나 챙기기 바빴던 내 모습이 지나갔다. 화장실 좀 같이 가자던 말도 귀찮아. 넌 화장실을 꼭 같이 가야 하나 말하며 핀잔을 줬고, 별별 표현을 다 하던 걔를 보고 별나게 굴지 말라고 쪽을 줬다. 추위를 많이 타는 걔는 춥다는 내게 자기 옷을 건네줬고, 차멀미가 심한 내게 자리를 양보해 줬다. 걔는 따지고 보면 참 별로인 내가 뭐가 좋다고, 너무 좋다고 하는 걸까. 내 자랑거리는 여전히 내가 아니고 내 옆에 얘 같은 사람들이다.

한참을 바위에서 올라오는 한기를 느끼며 이야기했던 것 같다. 걔와 나는 언덕 아래의 시간과 공간으로부터 분리된 채 별 아래서 이야기하고 있었다. 그건 몇 해 전부터 그려왔던 밤이었다.

우리는 서로 미안하다고 하며

몇 시간 뒤면 한국으로 돌아간다. 사막을 벗어나, 몽골 시내에서 마지막 저녁을 보냈다. 테라스가 있는 이름 모를 맥줏집이었다. 우리는 생맥주를 한 잔씩 앞에 놓고, 옆으로 공책을 돌렸다. 마지막 날엔 롤링페이퍼를 써 보자고 제안했던 걸 모두 흔쾌히 알았다고 했던 거였다. 맥줏집 앞에서 산 공책 위에 자기 이름을 써놓곤, 왼쪽으로 공책을 돌렸다. 여덟 명이 둘러 앉아 말소리도 내지 않고 볼펜 소리만 쓱삭이고 있었다. 나 역시 고개 한 번 들지 않았다.

내 이름이 써진 공책이 내 앞으로 돌아오기까지 한참이 걸렸던 것 같다. 그사이 나는 생맥주 한 잔을 더 시켰고, 두 잔을 뚝딱 비워냈다. 돌아온 노트를 몇 번이나 읽더니, 몇몇이 찔끔찔끔 눈물을 보이기 시작했다. 그중 하난 나였다. 맞은편 J가 물었다.

넌 왜 울어?

그렇게 묻는 걔도 그렁그렁했다. 나는 걔의 질문에 응어리져있던 감정 하나가 탁 풀려버렸다.

미안해서

나는 이 4음절 이상으로 더 말할 수 없다고 생각했다.

넌 왜 울어?

되묻는 질문에 걔도 그랬다.

미안해서

우리는 뭐가 그렇게 미안했던 걸까. 뭐든 지나치게 미안해할 필요는 없다고, 서로가 서로에게 조금씩 빚지고 사는 거라고 그랬는데. 걔랑 나는 뭐가 그렇게 미안해서 눈물까지 보였던 걸까.

그게 같은 이유였는지는 모르겠다. 그치만 우리는 대답할 때 어떤 비슷한 감정이 지나가고 있다는 걸 알았다.

나는 장기 여행 중이었다. 제주에서 돌아온 뒤 회복되지 않은 마음과 지친 몸을 끌고 삼 일 만에 몽골로 가는 비행기를 탔다. 마음속에 빈자리를 두지 못한 채 떠밀리듯 여행하는 중이었다. 좋은 걸 충분히 받아들일 만한 자리가 없었다. 적당해 보일 만큼만 하고, 여행을 마무리하자고 생각했다. 지쳐있는 나를 챙기는 게 우선이었다. 나는 벽 하나를 그 사람들 앞에 세웠다. 내내 여행 중이던 나와 다르게, 여덟 중 대부분은 직장 생활 중 휴가를 온 것이었다. 걔들은 모든 게 감사해 보였다. 돌아가도 여행이 계속될 나에게는 없는 간절함이 걔들에게는 있었다. 사실 질투했다. 나에겐 이미 익숙한 마음이었기 때문이었다. 나는 걔들 속에서 내내 몸도 마음도 겉돌고 있었다. 롤링 페이퍼를 쓰는 동안 그게 너무 미안해졌다. 충분히 내어줄 수 있었던 마음인데, 그게 뭐라고 선을 꼭 지켰는지, 이해되지 않았다. 벽을 두는 건 나 좋자고 하는 일이었다. 덜 힘들자고 마음을 닫아버리니까 되려 그게 쉬웠다. 이상하게 허했지만 말이다. 온전히 마음 주는 건 더 힘든 일이었다. 힘들지라도 상상 이상의 것을 얻기도 하는 게 마음을 주는 일이었다. 어쨌든 나는 그 상상 이상에 닿지 못한 채 여행을 마무리하고 있었다. 그게 뭐라고, 마음 다해 있다 오지. 정말 미안했다. 나는 내내 미안하다고 말했다.

한국으로 돌아가는 비행기를 기다리며 나는 공항 의자에 앉아있었다. 나머지는 남은 돈으로 기념품을 사겠다며 부지런히 돌아다니고 있었다. 나는 기념품이 곧 쓰레기가 될 걸 알기도 했고, 남은 돈도 없어 그냥 돌아다니는 걔들에게 눈인사를 하며 앉아 있었다. 아까의 기분이 내내 이어져서 그랬기도 했다.

K가 몽골 지도 모양의 마그네틱 하나를 사서 앉아 있던 내게 툭 건넸다. 나는 이제 그만 미안하다 하고 고맙다고 해야겠다고 생각했다.

어쩌면 우리는 계속 여행 중이군요

　여행에서 만난 우리는 짧은 시간 동안 많은 일을 같이 하지만, 아무 일도 일어나지 않은 것처럼 일상으로 돌아간다. 이번에도 마찬가지일 거라고 생각했다. 곧 그렇게 될 거라고 단언했다. 당연하니까. 여행이라는 게 일상을 벗어난 영역인데, 그게 일상으로 끌어들여지는 게 이상하지 않나. 그래서 나는 롤링페이퍼를 돌릴 때 내 이름 옆에 이렇게 썼다. '고마웠어요.' 고마워가 아니었고, 고마웠다고 썼다.

　메시지를 받았다.
　[그런데 몽골에서 너의 모습은 왜 버거워 보였을까.]
　눈치채지 못했을 거라 생각했다. 내가 그 여행을 버거워했다는걸. 돌아오고서야, 일찍 눈치챈 사람이 있었다는 걸 알았다. 미안함과 고마움의 감정이 번갈아 교차했다. 여행 중에 채워지지 못한 것들이 메시지 하나로 채워지는 기분이었다. 누군가 내 상태를 알아봐 주었다는 건 정말 고마운 일이었다.

나는 다시 공항에 있다. 이제 곧 프라하로 간다. 메시지가 왔다.

[사실 마지막 날에 미안해서 울었다는 너의 말에 어떤 의미에서인지 공감을 많이 했거든. 다음에 돌아와서 만나게 된다면 진짜 우리들의 이야기를 해보자.]

몽골에서 지내는 며칠 동안 일주일이 엄청 길 거라고 생각했다. 이제 와서 보니 일주일은 여러모로 우리가 알아가기엔 짧았던 것 같다.

떠나기 한 시간 전이었다. 전화가 울렸다. 잘 다녀오라는 k의 전화였다.

몽골을 갔다 온 뒤로도 어떤 건 계속 남아 변하고, 채워졌다. 공식적으로 여행은 끝났지만, 그 끝이 꼭 끝은 아니었다. 어쩌면 우리는 계속 여행 중이었다.

3부

가장 너다운 여행을
하고 오렴

프라하

51 대 49의 마음

솔직히 정말 떠나기 싫었다. 등 떠밀리듯이 가는 사람처럼 전혀 기쁘지 않았다. 내 표정은 가고싶어 표를 끊은 게 나였다는 사실이 믿기지 않을 정도로 울상이었다.

제주에서 두 달 살이를 무사히 마친 뒤, 동행들과 몽골도 겨우 다녀왔다. 이만하면 충분하다는 잡음이 내 안에서 웅성거렸고, 머리를 헝클어뜨려 놓았다. 가고 싶고, 정말 가고 싶지 않았다. 가고 싶은 마음과 가고 싶지 않은 마음이 엎치락뒤치락 몇백 번도 더 되풀이됐다. 떠나는 날이 하루 앞으로 올 때까지도 그러기를 반복했다. 푯값을 환불받지 못하더라도 취소해버리고 싶었다. 저렴하게 끊은 티켓은 아니었지만, 티켓 값이 아까워 떠나기에는 앞으로 보낼 한 달이 고독하게만 느껴졌다.

다섯 달 전이었다. 노트북 화면을 앞에 두고, 나는 괜히 심장 위에 손을 얹어봤다. 심장 고동 소리가 귀에 박혀왔다. 묘한 긴장감이 기분 좋게 나를 감쌌다. 갓 발권을 마친 뒤, 어느 때보다 떠나는 일을 실감하는 중이었다.

혼자였다. 사 년 전과는 달랐다. 파리, 런던, 바르셀로나를 여행했던 사 년 전엔 내 옆에 친한 동생이 있었다. 걔는 말하는 건 서툴다 했지만, 곧잘 알아들었다. 옆에서 영어로 대화가 오가는 동안 한 발짝 뒤에서 겉돌다가 "뭐래?"하고 묻는 일을 자주 반복했었다. 나는 여행 내내 걔를 의지했었다.

이번엔 걔가 없다. 기껏 해봐야 구글 지도, 구글 번역기, 무엇보다 내가 여행에 취해 가끔 정신을 놓더라도, 중요할 땐 무조건 정신 차리기를 믿는 수밖에 없었다. 혼자가 되는 건 익숙했지만, 이렇게 멀리 나가보는 건 처음인데 할 수 있을까? 체코어나 불어는 물론 문외한이고, 하우 알 유 아임 파인 땡큐 앤유 수준인 내가 정말 그곳에서 괜찮을까? 돈도 없이 가서 괜히 안 가느니만 못하게 되는 건 아닐까? 내가 이런 사치를 부려도 될까? 수많은 물음표가 머리를 수백 번 헤집고 나서야 겨우 발권을 마친 거였다. 걱정들로 얼룩졌던 머릿속이 발권과 동시에 맑아졌다. 기분 좋은 긴장감에 휩싸였다.

그런 감정들을 나는 모조리 까먹어버렸다. 하루 전까지도 전화를 붙잡고 말려 달라고, 거의 애원했다. 나 말고 누구라도 가지 말라고 간곡하게 말려준다면 하는 수 없다는 듯 가지 않으려 했다. 하지만 정신 차려보니 인천공항이었다. 직전까지 고민하느라 하루 만에 부랴부랴 챙긴 짐을 들고 서였다. 무미건조한 표정과 이미 상할 대로 상해 퀴퀴한 냄새가 밴 내가 거기 있었다. 50 대 50, 51 대 49가 왔다 갔다 하며 51프로의 마음으로 가까스로 결정을 마친 뒤였다. 괜히 왔어. 충분하다 했잖아. 그런 소리를 하게 되더라도 가서 하는 게 나 자신에게도 덜 쪽팔리지 싶었던 거였다.

긴 비행 시간을 견뎌 프라하 공항에 도착했다. 백육십 센티미터의 키를 가진 내가, 대충 봐도 평균 신장이 백칠십은 돼 보이는 낯선 얼굴들 사이에 섞여 있었다. 어깨를 펴고, 이곳이 익숙한 사람처럼 굴었다. 저 사람들은 내가 안중에도 없겠지만 말이다. 쫄지 않으려 나는 어깨를 한 번 더 펴보였다.

가장 너다운 여행을 하고 오렴

프라하에서 맞는 첫 아침이 시작됐다. 오늘은 토요일이다. 지내는 민박집 앞 강변에선 토요일 아침마다 마켓이 열렸다. 파머스 마켓. 프라하 내에서도 소문난 마켓으로 현지인들도 토요일 아침이면 즐겨 찾는 곳이었다. 이런 정보는 아침 식사 시간에 민박집 사장님께 얻었다. 아무 계획이 없어 보이는 내게, 그녀는 마침 운이 좋았다고 말하며, 파머스 마켓에 꼭 가보라고 말했다. 나는 첫 외출을 준비했다.

좋아하는 검은 티셔츠에 생지 데님, 컨버스 운동화 차림으로 필름 카메라를 목에 걸고 가볍게 민박집을 나섰다. 이번엔 정말 혼자였다. 강변 입구에서부터 한 손에 맥주, 혹은 와인 잔을 들고 있는 사람들이 눈에 띄었다. 겨우 아침 아홉 시였다. 강가를 따라 천막들이 즐비해 있었고, 이른 시간인데도 사람들이 붐볐다. 그렇다 해도 북적거린다는 느낌은 없었다. 토요일 아침의 평온이 사람들 표정에 내려앉아 있었다.
한쪽에선 보컬인 여자를 중심으로 한 밴드가 버스킹 공연에 열을 올리고 있었다. 여자는 주머니가 따로 없는 새빨간 원피스를 입고서, 어깨엔 기타를 메고, 가슴 사이엔 하모니카를 꽂아 두고 노래하고 있었다. 단번에 그녀는 나를 사로잡아 발길을 멈추게 했다. 주머니가 없음은 그녀에게 문제 없어 보였다. 신나게 노래를 하다 간주가 나오면 가슴 사이에서 하모니카를 꺼내 아주 멋지게 연주할 뿐이었다. 그 모습은 섹슈얼하게 보이지 않았다. 그냥 태초부터 가슴 사이의 쓸모는 주머니였던 것 같아 보일 뿐이었다. 그녀는 예쁘게 보이려 하지 않았다. 어떻게 보이는지는 신경 쓰지 않는 거처럼 보였다. 지금 이 순간 하나의 노래로 보이는 데만 집중하고 있었다. 신나게 노래했고, 노래 사이에 웃음소리로 추임새를 넣었다. 하모니카를 힘차게 부르다, 다시 2절을 부르기 위해 가슴 사이에 하모니카를 꽂았다. 거침없었다. 나는 방금 그녀를 처음 봤지만, 그녀가 자기다운 공연을 하고 있을 거라고 확신했다. 그런 확신이 고스란히 내게 전해지는 기분이었다.

맥주와 와인을 홀짝이는 사람들이 밴드 옆을 둘러싸고 있었다. 엄마와 딸이 그 앞에서 손을 마주 잡고 빙그르르 돌며 춤을 췄고, 자전거를 타고 강 위를 지나던 사람은 자전거를 세우고 흐뭇한 표정으로 내려다보았다. 나는 그 모든 사람들을 한발 멀찍이서 보다가, 가진 동전을 그녀 앞에 두고 다시 걸음을 옮겼다. 꽃, 디저트, 커피, 과일, 와인, 맥주, 액세서리… 한 바퀴를 돌아 다시 앞쪽으로 갔다. 내가 멈춘 곳은 꽃 상점이었다. 꽃 고르는 사람들이 서 있던 장면이 눈에 밟혀서였다. 언제나 나를 지나칠 수 없게 하는 건 그런 장면들이었다. 쟨 저도 예쁘면서 옆에 있는 것늘도 빛내네. 뭐 그런 생각을 하며 나도 꽃 사는 사람들 틈에 슬쩍 끼였다. 꽃을 사는 호사를 누릴 만큼 풍족하진 않았지만, 나도 그 틈에서 내가 고른 꽃들로 조그맣게 행복할 수 있을 것 같았다. 지난번에 도쿄에서 남은 엔화를 털어서 샀던 꽃 이후로 여행 중에 산 두 번째 꽃이었다. 꽃 사는 내 모습이 마음에 들어서기도 했고, 꽃을 들고 걸어가는 내 표정이 좋았다. 여유를 샀다고도 할 수 있고, 아름다운 걸 기꺼이 잘 발견하겠다는 마음이기도 했다.

한참 동안 이 꽃과 저 꽃을 섞어보고 있는데, 프라하에서 유일하게 아는 사람을 만났다. 민박집 사장님이었다. 사장님도 꽃 리스를 바꿀 때가 되어 그 앞에 멈춰 선 거였다. 꽃을 고르다 말고 사장님은 그 꽃집 주인에 대한 여담을 늘어놓았다. 봄이면 각기 다른 모양의 하얀색 꽃들만 가져다 둘 때도 있다고, 진짜 멋진 사람이라고 말했다. 온통 하얀색인 꽃 사이에 서 있을 남자 주인의 모습이 그려졌다. 멋지겠다고 말하며, 나는 계속해서 꽃을 골랐다. 사장님은 내 꽃을 꽂아 둘 화병을 준비해두겠다고 말한 뒤 인사하고 다시 걸음을 옮겼다.

오랜 고심 끝에 한 다발이 완성됐다. 채도가 다른 분홍 꽃 사이에 다홍 꽃을 섞고, 틈틈이 초록 잎을 섞어 만든 한 다발이었다. 내 손으로 하나하나 골라 만들기는 처음이었다. 그 꽃 한 다발이 평소 나를 잘 말해주고 있다는 생각을 하며, 주인에게 "도브리덴(안녕하세요.)"하고 어색한 인사를 했다. 아는 체코어 한마디로 인사를 나눈 뒤, 나는 수줍게 하우 머치? 하고 물었다. 한 다발이면 이, 삼만 원이 훌쩍 넘을 텐데, 겨우 만 원이 조금 넘는 값이었다. 나는 바랐던 대로 조그만 행복을 사고서, 꽃을 들고 있는 내 모습이 썩 마음에 드는 얼굴을 했다.

당근 케이크와 카푸치노 한 잔을 사 들고, 강가로 걸어가 손에 쥔 것들을 내려놓고 돌바닥에 앉았다. 짧은 영어와 함께 손가락질을 하며 디스 원! 디스 원! 하면서 주문한 거였다. 걱정과 달리 내 짧은 영어도 문제가 되지 않았다. 나는 앉은 자리에서 한국에서부터 들고 온 '빈센트 나의 빈센트'를 읽었다. '특별한 잔치나 축제가 없어도, 그저 감사와 차 한 잔을 나누는 소박한 식사 속에서도 인생의 눈부신 순간을 만끽하는 사람들.' 내 시선이 그 구절을 지나갔다. 그 문장이 오늘 아침을 말해주고 있었다. 강가에 나처럼 쪼그려 앉아 대화를 나누는 엄마와 딸, 연인, 친구들의 표정이 눈부셨다. 순간 프라하에 오기 전 받은 메시지 하나가 입속에서 맴돌았다.

[가장 너다운 여행을 하고 오렴.]

당근 케이크와 카푸치노, 강변과 책, 아까 산 꽃이 전부였는데 편안한 마음이 차오르는 게 너무 좋아 간지러운 기분까지 들었다. 그냥 이 정도면 됐다. 나도 거기 있는 사람들처럼 눈부신 표정을 하고 있었다. 소박한 행복으로도 눈부신 표정을 만들어내는, 가장 나다운 여행이 시작되고 있었다.

둘일 땐 몰랐던 일들

낮에는 대체로 괜찮았지만, 밤에는 조금 외로워졌다. 너무 좋은 걸 보면 가끔 외로워진다. 프라하의 밤이 그랬다. 혼자 걷기에 이 도시의 밤은 너무 좋았다.

여기서 매일 만 보는 거뜬히 넘기며 걷는다. 오늘은 종일 사만 보를 걸었다. 마지막으로 왕복 한 시간을 걸어 다녀온 곳은 재즈바였다. 작은 재즈바의 한 쪽 모퉁이에서는 색소폰 연주자 한 명과 기타 연주자 한 명이 합을 맞춰 연주하고 있었다. 굴라쉬와 화이트 와인을 야금야금 먹으며 나는 두 사람의 연주에 청각을 곤두세웠다. 메뉴판을 쳐다보다 아는 음식과 아는 와인을 시킨 거였다. 재즈는 잘 모르지만, 줄곧 좋아한다고 말해왔었다. 말로만 들었던 굴라쉬도 꽤 입에 맞았다.
손님들은 각자 자기 이야기를 하기에만 여념 없어 보였다. 연주가 끝났지만, 박수는 없었다. 각자 방안에 있는 거처럼 보였다. 이 연주가 저들 귀에는 옆방, 혹은 베란다 너머로 들려오는 백색 잡음 정도인 것 같았다. 이런 연주를 이 값에 듣는 게 익숙해서였을까. 아니면 자주 오는 단골집이라 그랬을까. 혹은 바로 앞에 이야기 나눌 사람이 있어서 그랬을까. 나는 이곳에서 나만 어느 방에도 들어가지 못한 거 같다고 생각하며 옆 사람들을 곁눈질했다. 마음 가는 대로 크게 박수 치고 싶었지만, 누구도 박수 치지 않는 고요 속에서 혼자 크게 박수를 칠 용기가 없었다. 소리 없이 박수 모션을 취하며, 한쪽 자리에 틀린 그림 마냥 앉아 있을 뿐이었다. 나는 또 조금 외로워졌다. 같이 박수를 쳐 줄 한 사람이 필요해졌다. 색소폰 연주자가 내 쪽으로 고개를 돌렸다. 나와 눈이 마주친 그는 잘 들었다는 나의 소심한 박수에 싱긋 웃었다. 나는 조금 샤이하게 웃어 보였다.

식사를 마치고 나가는 길에 그 연주자가 내게 "Have a nice day"하며 활짝 웃었다. 혼자 있는 동안 꾹 다물고 있던 내 입이 열렸다. "땡큐."라고 한 뒤 또 샤이한 미소를 짓고, 급하게 재즈바를 나왔다. 참나. 땡큐가 뭐냐. 나는 기분 좋은 인사말을 거저 받아먹기만 한 내 영어 실력과 수줍음이 싫어졌다. 영어를 자연스레 구사하고 싶다는 마음은 둘째 치고, 혼자서도 멋진 사람들에게 양껏 손뼉 칠 수 있는 용기와 멋진 인사말 정도는 준비해둬야겠다고 생각했다.

나는 다시 삼십 분을 걸어 숙소에 도착했다. 프라하의 시간은 밤 11시를 넘기고 있었다. 옆 침대에서 자는 언니가 남은 와인을 같이 마시자고 제안했다. 34살 언니, 31살 언니, 30살 언니. 우리는 하나같이 원래 말수가 적고, 낯을 가린다고 자신을 설명했다. 그게 설명보다 해명으로 느껴지는 게 아이러니했지만. 아까부터 저 언니들이 뱉고 있는 말의 양이 어마 무시했기 때문이었다. 나는 그만큼 우리가 신났다거나, 외로웠다던가 그런 생각을 하며, 종일 참았던 말들을 쏟아냈다. 혼자가 좋지만, 가끔은 너무 외롭다.

프라하에선 뭘 하면 되냐고 물어온다면

매일 아침 눈떠서 하는 생각은 '뭐 하지.'였다. 뭐, 그래 봤자 매일 같다. 나는 가방 안에 일기장, 노트북, 필름 카메라, 책과 작은 수첩을 넣었다. 가방끈이 팽팽해지도록 어깨에 짊어지고서야 하루를 시작할 수 있었다. 한 개쯤 뺄까 몇 번을 고민해봐도, 매번 하나도 덜어내지 못했다. 책을 읽게 될지도 모르고, 글을 쓰게 될지도 모르고, 사진을 찍게 될지도 모르니까. 그럴지도 모른다는 전제 때문에 나는 모든 선택지를 몽땅 어깨에 짊어졌다. 몇 권을 읽게 될지 모르니, 한참에 두세 권씩 가방 안에 넣어 다녔던 내 습관은 여행 와서도 여전했다.

프라하에선 뭘 하면 되냐고 누군가 물어오면 나는 좀 난감해진다. 여기서도 일기를 쓰고, 글 쓰고, 사진 찍고, 책 읽는 게 전부라서 관광에 대해서라면 별로 할 말이 없기 때문이다. 2주가 넘었지만, 그 유명하다는 프라하 성도 한 번 안 가봤다고 말하면 대답이 되려나. 먹는 거에 대해서도 그랬다. 지나가다 들른 식당에선, 온통 체코어만 적힌 메뉴판에 당황해서 아무거나 시켰다가 입에 맞지 않아 맥주만 홀짝였던 일도 있었고, (프라하에선 생맥주에 실패할 일은 없다. 그건 알려줄 수 있다.) 카를교에 서서 포장해온 햄버거로 끼니를 때우기도 했었다. 그것도 어디에나 있는 맥도날드 햄버거였다. 저녁엔 근처 마트에서 물값보다 싼 맥줏값에 감탄하며, 병맥주 한 병과 신라면으로 끼니를 때우는 일이 잦았다.

그래도 어느 카페가 좋고, 어디 공원이 좋았는지를 물어오면 나는 말할 거리를 얻는다. 해질 때는 그 공원이 좋고, 해 뜰 때는 이 공원이 좋고, 낮에 맥주 한잔하기에는 저 공원이 좋다고 말할 수 있게 된다. 이 카페는 애플파이가 맛있고, 여기는 테라스 자리가 좋고, 저기는 정원이 멋지고. 나는 조잘조잘 할 수 있게 된다. 일기나 글을 쓰거나 책을 읽기엔 그곳만 한 데가 없기 때문이다.

어제는 대낮부터 전망 좋은 맥줏집 야외 테이블에 앉아 흑맥주를 마시며 쓰고 싶은 말을 끄적였고, 책을 읽었다. 공원과 카페만큼이나 맥줏집도 좋았다. 한낮의 뜨거운 햇볕에 달궈져서인가. 생맥주 한 잔으로도 알딸딸함을 느끼며, 공원으로 나와 잔디 위에 누웠다. 늘 천 돗자리를 휴대하고 다녔지만, 어제는 돗자리를 챙겨오지 못해, 잔디 위에 벌러덩 누워버렸다. 돗자리 없이도 전혀 개의치 않고 맨살을 부대끼며 누워 있던 현지인들이 멋져 보였던 거였다. 쏘는 해를 견디려 눈을 감고 있다가 잠깐 잠들기도 했다. 가장 자유로운 단잠이었다. 돌아와서 이런 이야기를 했더니, 민박집 사장님이 유럽 사람들은 어릴 때 풀 예방접종을 다한다고 대답했다. 망할. 멋진 게 아니고, 별 탈 없어서 하는 거기도 했어. 뭐. 풀 독이 오른다든가, 그런 별일이 생기지 않았으니, 그것 또한 추억될 터였다.

지금은 지난번 우연히 발견한 카페에 들어와 있다. 테라스가 멋진 카페다. 큰 나무와 작은 나무들 틈 사이로 들어오는 해, 나무 그림자와 그늘, 원목 테이블, 세련되진 않았지만 테라스 특유의 멋이 살아 있는 곳이다.

나는 또 일기장을 펼쳐 일기를 두 장씩 적고 있다. 이곳 테이블에선 저마다 활발한 대화가 오가고 있다. 핸드폰을 만지고 있는 사람은 한 명도 없다. 나는 활발한 대화 소리를 배경 음악 삼아 계속해 일기를 적어 나간다. 낯선 체코어가 내 주위를 감싸고, 알아듣지 못하는 그 언어가 허공에 떠다닌다. 내 귀를 감싸는 게 한국어였다면 나는 일기 쓰기를 중단하고, 옆 테이블의 이야기를 같이 소비하거나, 그마저도 흥미롭지 않다면 신경질적으로 그들을 노려봤을지도 모른다. 다들 무슨 이야기를 저리 주고받을까. 나와 다른 얼굴, 피부색, 눈동자 색, 체구. 저들은 나와 이야깃거리도 다를까. 그게 온통 궁금해졌다가도 나는 궁금증을 거두고 다시 일기를 써 내려갔다. 나는 내 언어로 일기를 썼다.

사실 난 이렇게 제멋대로 여행하고 있는 내가 마음에 든다. 목적지 없이 가방을 짊어지고 나가 아무 데나 쏘다니는 내가 좀 마음에 든다. 아무 벤치나 앉아 책 읽고 일기를 쓰는 것도, 잔디에 천 돗자리를 깔고 누워 책 읽는 것도, 없으면 그냥 누워버리는 것도, 지나가다 마음에 드는 곳에 막 들어가는 것도, 그러다 몇 번이나 찾을 정도로 단골 공간을 만들어버리는 것도 좋다. 특별하지 않아서 특별함을 얻은 이 여행이 마음에 든다.

계획 없이 걷다 보면 시간을 낭비하기도 한다. 맞다. 시간 낭비. 시간 낭비라는 말이 여기선 아니꼽게 들리지 않는다. 막 낭비해버려도 아무 죄책감이 들지 않는다. 프라하에서 뭘 하면 되냐고 다시 물어온다면 이렇게 대답하고 싶다. "그냥 시간 낭비나 좀 하다 돌아와. 그러기 딱 좋아." 나는 카페에서 나가면 또 세월아 네월아 걸으며, 시간을 낭비할 예정이었다.

우리가 인사하는 법

한 달간 많은 사람이 스쳐 지나갔다. 어제는 두 사람이 돌아갔고, 오늘은 세 사람이 돌아갔다. 겨우 하루, 길어 봤자 사흘 정도를 같이 보냈던 사람들이었다. 하루 끝에 맥주를 나눠 마시며 그들에 대해 알게 된 건 이름, 나이, 무슨 일을 하는지, 혹은 하고 싶은지, 지금 연애중인지, 어떤 사랑을 했는지 뭐 그런 거였다. 뭐 그런 거라고 하기엔 어쩌면 꽤 큰 삶의 조각들이기도 했다. 어떨 땐 가까운 사람들에게도 말하지 못했던 속사정을 털어버리기도 했다. 그렇지만 나는 여전히 그들을 몰랐다. 활짝 웃을 때 얼마나 호탕하게 웃는지, 화가 나면 어떤 표정인지, 무슨 일에 화를 내는지, 어떤 습관을 가지고 있는지, 아주 사소하고 유심히 봐야만 아는 것들은 몰랐다. 그래서 나는 아무렇지 않게 작별 인사를 했다. 다시 보자는 말은 하지 않았다. "잘 지내. 남은 여행 잘하고." 나도 그랬고, 그 사람들도 그랬다. 진심으로 할 수 있는 말 중 가장 최선의 말로 그 사람들을 배웅했다. 하루 이틀 새 서로 인생의 큰 조각 몇 개를 나눠 가진 채, 사소함은 나누지 못하고 우리는 "잘 지내!" 인사했다.

타이밍

저녁엔 얼떨결에 이모와 공원에 가게 됐다. 이모는 내가 프라하에서 묵은 두 번째 민박집 사장님이었다. 사장님도 이모라 불리길 바라는 것 같고, 다들 자연스레 이모라 하기에 나도 이모로 호칭을 정리했다. 이모 이름은 엄지. 엄지 이모는 작은 키에 왜소한 체구를 가졌지만 똑 부러진 모습이 이름과 퍽 잘 어울리는 사람이었다. 이모는 이렇게 말하곤 했다.

"오늘 너 뭐해? 오늘 너는 뭐해? 너네 같이 나가면 되겠네. 너네 오늘 나랑 뒷동산 갔다가 그 옆에 수도원 가서 점심 먹으면서 맥주 한잔하고 프라하 성 다녀오면 되겠다."

그날 우리의 루트가 순식간에 이모 입에서 정해졌다. 여기선 매일 아침 이런 일이 일어났다. 우리는 그렇게 이모의 지휘하에 쉽게 엮였다.

이 민박집에 대해서 말하자면, 혼자 여행하는 사람들이 친구를 사귀기엔 최적의 장소였다. 고로 내가 썩 달가워하지 않는 분위기였다. 글 쓰고 책을 읽고 싶어 하는 나 같은 여행자를 찾기는 어려웠으니까. 프라하는 많이 알려진 관광 스폿이 대부분 가까운 거리에 붙어있고, 그래서인지 하루 만에도 전부 둘러볼 수 있다는 인식이 있어, 잠깐 머물다 가는 사람들이 많았다. 나는 프라하만 17박을 머물지만, 대부분 짧게는 이틀에서 길게는 사일 정도 있다 갔다. 며칠 머무르지 않는 사람들과 내 여행의 속도는 분명 차이가 있을 터였다. 것도 그렇고, 그다지 좋아하지도 않는 관광 스폿을 잘 모르는 사람들과 돌아다니는 시간이 의미 없어 보였다. 그나마 사람들을 요리조리 피해, 그곳에서 혼자만의 시간을 겨우 확보했다. 말은 못해도, 표정은 솔직한 편이니 이모도 그런 내 표정을 보고 강요하진 못 했던 거였다. 그런데 오늘 아침, 이모가 내게 "너 오후에 뭐해? 나랑 이따가 공원 가자."라고 말했다. 거절할 만한 이유가 퍼뜩 떠오르지 않아 나는 그냥 알겠다고 대답했다.

늦은 오후에 우리는 만났다. 프라하에선 좀처럼 교통편을 이용해 이동할 일이 없었는데, 공원을 가기 위해 십오 분 정도 트램을 타고 가다 내렸다. 이모만 안다는 비밀 공원이었다. 어떤 사람들은 프라하가 오래 있기에 지루한 도시라 말하며 금방 떠나갔지만, 내게는 그 지루하다는 점이 17박으로도 모자란 이유가 되었다. 유명하다는 관광 스폿은 하루 만에도 돌아볼 수 있겠지만, 도처에 널린 공원을 마음껏 누리다 가기에는 한 달도 턱없이 부족했다. 이모가 나를 데려간 공원은 그중에서도, 아니 이제껏 내가 본 어떤 공원보다도 근사했다. 이모는 여기 오면 중세 시대 안에 들어온 것 같다고 말했다. 나도 영화에서나 본 것 같은 공원이라고 덧붙였다. 넓은 공원, 작은 호수가 잇따라 있었고, 호수 한기운네는 밧줄을 끊임없이 당겨야만 움직이는 나무배가 있었다. 나무배를 타고 들어가면 작은 나무 한 그루와 벤치 하나가 있는, 그런 비밀스러운 장소도 있었다.

중세 시대 같다고 했던 그 공원에, 정말 중세 복장을 하고 걸어 다니는 사람들이 있었다. 엄지 이모가 그들에게 뭐 하는 중인지 물었다. 종종 사람들끼리 모여 이런 이벤트를 즐긴다고 그들이 대답했다. 영화적이라고 생각한 이 장소를 어떤 사람들은 일상적으로 누리고 있었다. 순식간에 영화와 일상의 구분이 무의미하게 느껴졌다. 새삼 이모의 제안을 거절하지 않은 게 다행이라 생각하며 나는 이모의 걸음을 따라 걸었다. 노을이 어스름했다. 우리는 공원이 깜깜해지도록 계속 걸었고, 많은 이야기를 했다. 이모가 한국에서 유럽으로 넘어오게 된 이야기, 루마니아에서 살았던 이야기, 그 많은 나라 중에 프라하에 어떻게 머물게 됐는지. 그리고 이모는 내가 요즘 어떤지를 물었다.

"얘, 나는 사람을 싫어했었어."

이모는 고백적 어조로 갑자기 내게 이런 말을 했다. 사람으로 드글드글한 민박집 사장님의 말이라기엔 의외의 자조적 고백이었다. 매일같이 찾아와 자신에게 이것저것 묻는 손님들이 너무 귀찮았다고. 이모는 말을 이었다. 그래서 매일 기도를 했다고, 고백했다. 나는 지금의 이모 모습으론 도무지 상상되지 않는 그 모습을 그리며 가만히 들었다.

"'내가 너에게 보낸 것이다.' 정말 매일같이 기도하니까 어느 날 저 말이 들리더라. 응답이었어. 순간 띵했지."

이모가 말했다.

나도 순간 띵했다. 하나님을 믿지 않는 나지만, 갑자기 그 이야기가 내 머리를 치는 기분이었다.

"피곤하고, 할 일이 있고, 하지만 그게 꼭 우선인 일이 아니라면… 그건 나중에 해도 되잖아. 분명 여기에 이 사람이 보내진 이유가 있을 거야. 나는 그래서 그 사람들에게 최선을 다해."

이모가 내게 왜 공원에 가자고 제안했는지 알 것 같았다. 엄지 이모는 이 민박집에 온 나라는 사람에게도 최선을 다하고 있었다.

사람들과 어울려 다니는 데 지쳐 있었고, 혼자가 편했고, 하지만 여전히 잘 어울리고 잘 지내고 싶은 마음도 남아 있어, 매번 원점으로 돌아오는 그 고민 앞에 자주 놓여있었다. 하필 지금같이 이렇게 혼자 있고 싶을 때, 사람들로 북적북적한 이 민박집을 만난 이유가 있을까. 그런 생각이 들었다. 정말 하필.

 나는 여전히 하나님을 믿지 않지만, 어떤 타이밍은 믿는다. 때마침 그런 이야기가 나를 찾아온 타이밍 같은 거. 엄지 이모의 말을 듣는 순간, "아..!" 싶었다. 내 여행이, 내가 좋아 죽는 글이 얼마나 중요하다 한들, 그리고 내가 얼마나 피곤하다 한들, 여기 이 사람, 이 분위기, 이건 오늘이 마지막일 거라고. 네가 좋아 죽는 글에서만 살다가, 지금을 놓치지 말라고. 지금부터 살라고. 타이밍 맞게 그 이야기가 내게 도착했다.

비는 비가 할 일을, 우리는 우리가 할 일을

 하늘이 내내 달고 있던 비가 쏟아지기 시작했다. 우산도 없이 벤치에 앉아 그림을 그리던 나는 급한 대로 큰 나무 밑에 숨었다. 빈 공책과 12자루 색연필 세트를 챙겨 나와 두 시간째 생각 없이 그림을 그리던 중이었다. 며칠 전 어마한 규모의 마켓에 입장료를 내고 들어가 골동품, 그릇, 옷, 식료품 등 다른 건 모두 제쳐 두고, 어떤 할머니의 돗자리에서 자그마한 존재감을 내뿜고 있던 12자루 색연필을 천 원에 사 왔다. 오늘 들고나온 게 그 색연필 세트였다. 그림엔 재능이 없지만, 그림을 그릴 때 나는 '그린다.', '색칠한다.' 말고 아무 생각이 들지 않아 좋았다. 그건 내가 잘하지 못해서 애초에 욕심부리지 않는 일이라 그렇기도 했다. 잘하고 싶은 일들은 그만큼 나를 괴롭게 했다. 가끔은 아무 생각 없이 할 수 있는, 머리 식힐 일들이 필요하기도 했다. 제주에서 한 번, 봉골에서 한 번, 다 같이 그림을 그린 뒤로, 나는 프라하에서도 가끔 일기를 쓰거나 글 쓰는 일을 제쳐 두고 빈 공책을 꺼내 그림을 그렸다. 나는 적절하게 머리 식힐 곳을 찾은 듯했다.

때아닌 더위를 식히려는 듯 오기 시작한 비는 한동안 그칠 생각이 없어 보였다. 프라하에서 남은 마지막 하루였고, 이제 이런 멋진 공원을 누리는 건 어려워질 터였다.

공원에 있는 사람들은 나처럼 분주하게 나무 밑으로 피하지 않았다. 그냥 있던 자리를 지킬 뿐이었다. 엄마와 네 살쯤 돼 보이는 딸도, 보드를 타며 내 벤치 주변을 기웃거리던 꼬마들도, 나무에 가랜드를 달고 돌잔치처럼 보이는 파티를 벌이고 있던 어떤 가족도 여전히 그 자리에 있었다. 어바웃 타임이 생각났다. 내 인생 결혼식은 영화 〈어바웃 타임〉에서 팀과 메리가 결혼하는 장면이다. 강풍에 머리가 산발이 되고, 드레스가 사방으로 날리고, 빗속을 가르며 뛰다 넘어지고, 천막이 날아가고, 샴페인 잔엔 빗물이 섞이고, 컵케이크는 엉망이 되는 그 결혼식. 그 와중에 말도 안 되게 웃고 있는 그 결혼식 말이다. 그런 장면이 눈앞에서 너무나 자연스럽게 일어나고 있었다. 빗속에도 여전히 모두 웃고 있었다. 나무 밑에서 멋진 공원을 마저 누리며 그 사람들을 봤다.

나는 원래 계획대로 단골 카페에 갔다. 내가 좋아하는 테라스 자리가 있던 카페였다. 여전히 비는 그치지 않았지만, 테라스 자리에 앉았다. 나 말고도 다들 테라스 자리에 앉아 아랑곳하지 않고 평소처럼 밀린 대화를 신나게 나누고 있었다. 나는 큰 나무 사이로 간간이 떨어지는 비를 맞으며, 빗물이 섞인 맥주를 비우고, 일기를 썼다. 여느 때와 다를 것 없이 프라하의 마지막 하루가 지나가고 있었다. 두 잔을 비워낼 때까지 비는 계속해서 떨어졌다.

4부

완전히
다르게 쓰여지는 일

파리

완전히 다르게 쓰여지는 일

프라하를 지나 파리로 왔다. 파리는 구면이다. 4년 전 여름, 이곳에 왔었다. 런던과 바르셀로나를 거쳐 도착한 파리는 어느 도시보다 다양한 인종이 있었고, 23살의 나는 그 낯섦이 무섭게만 느껴졌다. 그게 파리의 첫인상이었다. 그리곤 끝날 때까지 파리에 대한 좋은 인상을 받지 못한 채 돌아왔다. 당시 파리는 뜨거운 날씨가 연일 이어지고 있었다. 우리가 종일 쉬지 않고 걸었다는 사실이 신기할 정도였다. 파리에 대해 기억하는 건 딱히 없지만, 날씨에게 진 나머지 두 손 두 발 다 들었었단 사실만은 확실하게 기억하고 있다. 40도라는데 에어컨 하나 틀지 않는 지하철이, 숙소에선 에어컨 대신 선풍기를 튼다는 사실이, 숙소 컨디션이 좋지 않다는 사실이, 모두 마음에 들지 않았다. 돌아와서 내가 파리에 대해 설명할 수 있는 건 딱 그 정도의 느낌이었다. 낭만의 도시라는 수식어를 인정하지 않았고, 내가 보기에 그 수식어는 런던에 더 어울렸다. 나는 이 도시를 오랫동안 좋아하지 않았다.

그런 내가 내 손으로 파리행 티켓을 끊고 있었다. 나 자신도 놀란 일이었다. 종이에 적어본 희망 도시를 모두 지우고, 파리행 티켓을 결제하고 있었다. 몇 분 사이에 벌어진 일이었다. 내게 파리는 왜 사람들이 그렇게 좋아하는지 모르겠다고 줄곧 말해왔던 도시였다. 내 말이 이해될지 모르겠지만, 도통 이해가 가지 않는다는 점이 나를 다시 파리로 가게 했다. 궁금했다. 내가 못 본 건지, 못 알아본 건지, 겉돌다 와서 파리는 좀 별로라고 한 건 아니었는지. 지금의 나는 4년 전과 다르니까, 다르게 쓰일 수도 있는지, 나는 궁금했다.

파리 샤를드골 공항에 내려 시내로 가는 버스를 탔다. 4년 전에도 이 버스를 탔었다. 지난 생각에 약간의 긴장감과 조금의 설렘이 교차되었다. 창밖엔 운전자에게 접근해 돈을 요구하는 사람들이 차도를 기웃거리고 있었다. 여전했다. 여전히 무서웠다. 빠르게 시내로 나가는 버스 안에서 수시로 바뀌는 장면들을 멍하게 보았다. 앞전에 프라하와는 달라도 너무 달랐다. 깨끗하지도 않고, 사람도 너무 많고, 그리고 다 너무 다르게 생겼다. 예쁜 세트장 같던 프라하 건물과는 느낌이 전혀 달랐다. 파리는 내게 지루할 틈을 주지 않았다. 예뻐서 좋았던 프라하도, 눈에 익으니 별 감흥이 오지 않았던 찰나에 파리에 온 거였다. 어쩐지 파리의 다 다른 얼굴이 좀 재밌어졌다.

버스에서 내려 메트로 입구로 걸어갔다. 파리에 오기 전 내 머리를 헤집던 괴물이 하나 있었다. '숙소로 걸어가는 동안 누가 네 캐리어를 털어갈지도 몰라.' 나는 실체 없는 두려움에 시달렸다. 그건 여행자 신분인 내가 유일하게 무서워하는 일이었다. 모든 짐을 잃어버리는 일. 하지만 그런 일은 일어나지 않았다. 18kg의 짐을 들고 메트로에서 내렸다. 낑낑대며 계단을 올라가고 있는 나를 지나치지 못한 신사가 짐을 들어줬다. 실체 없던 괴물이 사라졌다. 여전히 어떤 건 무서웠지만, 나는 이 도시가 궁금해졌다.

그날 나는 초저녁부터 침대에 누웠다. 4년 전 파리와 완전히 다르게 쓰일 수도 있겠다는 일말의 기대와 함께 일찍 잠에 들었다.

기억과 애정의 비례관계

4년 전, 찌는 듯한 더위를 견디며 종일 걷느라 진절머리가 났었던 마레 지구에 갔다. 분명 몇 번이나 이 길을 왔다 갔다 했을 텐데, 내가 기억하는 건 메르시 매장 하나였다. 파리가 너무 생소했다. 센 강도 그랬다. 센 강에서 바토무슈를 타고 파리를 보기도 했었고, 그 강을 따라 걷기도 했었는데 센 강이 너무 낯설었다. 생각해보면 파리에 대한 기억이 거의 없었다. 와 본 곳인데 처음 온 곳 같았다. 심지어 4년 전에 유럽 여행을 할 때 가장 길게 머물렀던 도시가 파리였다. 기억과 애정은 비례한 걸까. 머문 시간과 상관없이 나는 파리를 조금도 남겨 오지 못했었다. 그걸 오늘에서야 알았다. 다시 보고서야 나는 파리에 대해 아무것도 모르고 있다는 걸 알았다. '더웠다.', '에어컨도 안 틀어주더라.', '지하철은 참 별로.' ', 그냥 무서웠다' 이런 말만 쏟아내면서 파리가 좋고, 안 좋고를 논하고 있었던 거였다.

무작정 걷기 시작했다. 목적지 없이 걷는 걸음이 또 발동됐다. 지나다 비

디오 숍이 눈에 띄었다. DVD를 시청할 만한 장비도 갖추고 있지 않았지만, 무작정 들어갔다. 몇 천 장이 넘는 DVD로 가득 찬 가게 안에서 내가 좋아하는 영화 하나쯤은 발견할 수 있을 거라는 기대감에 부풀었다. "비포 선라이즈… 비포 선라이즈…" 나는 가게 안쪽에서 입구 쪽으로 눈동자를 굴리며 DVD를 찾았다. 다시 한 번, 또 한 번. 찾는 영화가 없었다. 나는 짧은 영어로 〈비포 선라이즈〉가 있냐고 물었다. 없다는 대답이 돌아왔다. 내 표정엔 아쉬움이 잔뜩 서렸다. '다시. 분명 아는 영화가 있을 거야.' 그때 눈에 다른 영화가 들어왔다. 미드나잇 인 파리! 미드나잇 인 파리가 있었다. 오늘 저녁에 영화 〈미드나잇 인 파리〉에 나왔던 서점을 갈 거였고, 며칠 뒤에 그 영화에 나온 장소를 따라 걷는 가이드 투어를 할 예정이었다. DVD를 재빠르게 집어 계산대로 가져갔다. 오전에 명품 거리를 걸으며 쇼윈도에 걸린 값비싼 옷들을 욕망이 들끓는 눈으로 보며 힘만 뺐던 게 떠올랐다. 여행의 목적이 쇼핑이 아니었는데, 모든 게 흐려지는 기분이었다. 나는 오천 원짜리 좋아하는 영화 DVD면 충분히 기뻐질 수 있었다.

DVD를 손에 쥐고, 또 걸었다. 기타를 매고 스탠드 마이크로 노래하고 있는 그의 목소리가 너무 좋아서 그 옆에 앉았다. 그러다 그녀를 봤다. 그녀는 나처럼 노래하는 그의 옆에 앉아있었다. 그녀는 일흔 살쯤 돼 보였다. 노래는 계속 이어지고 있었다. 그의 노래는 우리말에만 있다는 '한'이 서려 있었다. 그의 나라에도 한과 비슷한 말이 있을까. 나는 그의 뒷모습이 보이는 자리에 앉아, 한이 서린 그 노래를 들었다. 노래가 끝났다. 그녀가 노래를 마친 그에게 말을 걸었다. 나는 뒤에서 그들의 대화를 지켜보았다. 정황상 마이크와 기타를 빌려줄 수 있겠냐고 묻는 것 같았다. 잠시 뒤 그는 그녀에게 기타와 마이크를 선뜻 내주었다. 그녀는 건네받은 기타를 어깨에 메고, 조심스럽게 줄을 퉁퉁거렸다. 기억 속에서 오래된 악보를 더듬고 있는 거처럼 보였다. 노래가 시작됐다. 그녀가 노래를 제안했을 때부터 노래를 시작하고, 노래를 마칠 때까지 나는 시선을 거둘 수 없었다. 잘하고 못하고를 떠나, 하고 싶고 안 하고 싶고가 그녀를 움직이는 단 하나의 기준이 되는 것 같아 보였다. 그녀의 노래는 기교보다는 진심이 두드러졌다.

동전을 놓고 자리에서 일어나 서점으로 걸음을 옮겼다. 4년 전엔 몰랐는데, 파리에는 멋진 서점이 많다. 프라하는 수많은 공원이 나를 기쁘게 했다면, 파리는 멋진 서점들이 나를 기쁘게 했다. 서점에 들어가면 언어에 능통했으면 좋겠다는 생각이 밀려왔다. 아는 만큼 보이니까 매번 어쩔 수 없이 아쉬움이 남았다. 프라하에서도 그랬다. 그래도 서점 가는 일을 잊진 않는다. 뭘 몰라도, 그냥 좋다. 오늘만 해도 세 개의 서점을 신나게 배회했다. 선물도 샀다. 선물을 사려고 돌아다니는 건 내가 정말 싫어하는 일이다. 그래서 어느 순간부터 하지 않게 된 행동이었다. 하지만 어떤 걸 보면 선물해 주고 싶은 사람이 떠오를 때가 있다. 그럴 때는 샀다. 그 순간 떠오른 사람이 있다면 쓸모없다 해도 샀다. 생각났다는 그 마음을 선물하는 거지. 그래서 오늘도 하나를 사서 나왔다.

저녁엔 영화 〈퐁네프의 연인들〉에 나왔던 퐁네프 다리를 건넜고, 〈미드나잇 인 파리〉에 나왔던 셰익스피어 서점에 들러 낮에 산 영화 DVD를 손에 들고, 방금 사인받은 팬 마냥 기념사진을 찍었다. 초승달을 앞에 두고 센 강을 걷는데, 내 입에서 이런 말이 나왔다. "이게 파리구나." 나는 오늘부터 다시 파리를 쓰고 싶어졌다.

종일 파리가 낯설었다. 정말 처음이라 해도 문제없다는 생각이 들 정도였다. 파리에 대한 구체적 인상이 없었으니까. 하지만 오늘 나는 파리를 걸었다. 사람들을 보았고, 내 발로 어디든 걸어들어갔다. 종일 처음이라 이 도시가 너무도 궁금해 죽겠는 2회차, 아니 체감상 1회차 파리 여행자였다. 나는 오늘 이후로 파리를 기억하게 될 거였다.

우리를 움직이게 할 어떤 것

출국 몇 달 전 그 책을 만났다. 〈빈센트 나의 빈센트〉 다들 아는 그 빈센트 반 고흐가 맞다. 책의 저자는 오로지 빈센트 작품을 보기 위해서 여행 길에 오를 정도로 빈센트를 열렬히 사랑한다. 딱 하나만 보기 위해 비싼 티켓 값을 지불할 수 있는 마음은 어떤 마음일까. 그 마음이 흥미로워 사들인 책을 22인치 캐리어에 욱여넣었다.

그 책을 만난 뒤, 나는 주도적으로 미술관 방문을 계획했다. 드문 일이었다. 4년 전에 루브르 박물관을 찾았었는데, 반나절을 넘게 돌기도 한다는 그곳을 몇 분 지나지 않아 나왔던 기억이 있다.
야 우리 금방 나온 거 비밀이야
친구와 나는 루브르를 나서며, 우리끼리의 비밀을 가진 채 쌀쌀 웃었다. 미술관이니 박물관이니 이런 건 우리에게 맞지 않는다고 말하며, 다음 여행 일정을 미리 각 잡아보았다. 앞으로 우리 일정에 두 단어를 입에 올릴 일은 없게 된 거였다. 미술을 모르고, 이야기도 모르는 우리는 지루한 표정을 지으며 4년 전 거기에 있었다.

프라하 강변에서, 벤치에서, 카페에서, 맥줏집에서 그 책에 완전히 빠져버렸다. 나는 구체적인 이야기 앞에선 힘을 못 쓰고 두 손 두 발 다 들어버린다. 어떤 사람을 정말로 알게 되면, 그때부터 사랑이 시작된다고 믿는 사람이니까. 작가가 쓴 구체적 빈센트 앞에서 빈센트를, 작가를 사랑하지 않을 수 없었다. 이전에 내가 알았던 건 고작 빈센트의 그림 몇 점. 그마저도 안다고 하기보다 봤다고 표현하는 게 맞을지도 모르겠다. 누구는 겨우 책 한 권이라고 할 수도 있겠지만, 책 한 권으로 어떤 사람이 몰려오기도 하는 법이었다.

빈센트는 자기 그림에 대한 사람들의 냉소를 견디며 평생을 살았다. 시궁창을 살아가면서도 자기가 그리는 것을 믿었다. 그리기를 멈추지 않았다. 그저 딱 한 사람만 자기가 그리는 것을 믿어주면 됐다. 테오. 빈센트의 동생이자 유일한 후원자였다. 테오와 빈센트는 줄곧 편지를 주고받았다. 빈센트의 순수한 열정, 사랑, 기쁨, 슬픔이 숱한 편지에 적혀 있었다.
테오의 아내는 빈센트와 테오가 죽고 난 뒤, 그들이 주고받은 편지를 발견했고, 세상에 알렸다. 그렇게 생전에 주목받지 못했던 빈센트가 세상 사람이 아니게 된 후에야 사람들의 관심을 받기 시작했다. 세상도, 작가도, 나도, 빈센트와 테오를 알지 못했을 수도 있었다. 그들의 편지와 테오의 아내가 없었더라면 말이다. 테오 아내가 그들의 편지에서 무엇을 발견하지 못했다면 진작 종이 재가 되었을 터였다. 다행히 그 편지는 우리에게 도착했다. 나는 몇 백 년 전에 쓰인 편지로 빈센트의 삶을 가늠해봤다. 그제서야 그림이 보이기 시작했다. 빈센트 이야기와 같이 그의 그림이 몰려왔다.

그림도 모르는 내가 셋째 날, 오르세 미술관을 찾았다. 나는 빈센트 그림 몇 점 앞에서 오래 멈춰 있었다. 그의 이야기를 조금 들여다보고 난 후에야 작품이 보이기 시작했다. 빈센트가 그린 폴 가셰 박사 앞에서 멈춰 섰다. 눈물이 고였다. '그림자가 있는 사람은 다른 사람의 그림자도 볼 수 있는 법이지.' 나는 빈센트 그림에 드리운 그림자를 보며 한참 그 자리에 서 있었다.

빈센트 그림을 보기 위해 비행기를 탔던 작가의 순수한 열정을 생각했다. 자기가 본 것을, 다른 이들에게도 너무 보여주고 싶어 그림을 그렸던, 그림밖에 모르는 빈센트의 순수한 열정을 생각했다. 나는 두 순수한 열정을 생각하다, 내가 가진 열정을 생각했다. 모르는 채로 살아갈 수도 있었지만, 이제는 알게 된 나의 순수한 열정을 떠올렸다. 더 이상 모르는 척할 수 없게 된 어떤 마음에 대해서였다. 쓰는 일에 대해서였다. 나는 미술관에서 나와 빈 공책을 펼쳐 맞춤법도 맞지 않고, 말이 되는 지도 모르는 글을 무작정 썼다. 아무렴 어때. 쓴다는 게 중요하지. 그러면서 말이다. 빈센트가 도시에서 농촌으로 가며, 남보다 돋보이기 위해 필사적으로 살았던 도시의 삶으로부터 자유로워졌듯이, 나는 파리에 와서 남만큼 해 보이기 위해 치열하게 싸웠던 일상으로부터 멀어지고 있었다. 눈치도, 강요도 없이 내가 좋아하는 걸 시간 들여 하고 있었다. 나는 뭐라도 쓸 때 제일 반짝였다.

게으름을 처방합니다.

　여행 중에 나는 자주 게을러진다. 아니 게을러지려고 한다. 나는 게을러
지는데도 연습이 필요한 사람이었다. 쉴 때도 끊임없이 뭐든 하고 있었고,
어쩌다 가만있게 될 때면 불안한 마음이 나를 지배하기 바빴다. 몸이 바쁘
든, 마음이 바쁘든 반드시 하나 이상은 움직이고 있었다. 종종 내 그런 면
은 나를 갉아먹었다. 몸도 마음도 어떨 땐 그냥 내버려 둬야 했다. 아니면
상한 몸과 마음을 회복하기 위해 먼 길을 돌아가야 할 수도 있었다.

　4년 전 파리에서 40도가 웃도는 날씨에도 아침부터 밤까지 바쁘게 걸어
다녔던 내 모습이 다시 생각났다. 모든 건 계획대로 진행됐다. 그때의 나
는 계획대로 여행하는 편이었고, 내 옆에 있던 애도 나만큼이나 계획적이
었다. 계획대로 간 디즈니랜드에서 얼굴이 빨갛게 익은 채로, 제풀에 지쳐
벤치에 앉아 잠들었었던 기억이 난다. 계획이고 뭐고 다 집어던지고 싶은
심정이었다. 걔에게 하고 싶은 말은 있었지만, 우물쭈물한 채로 여행은 계
속되었다. 다들 가는 에펠탑, 루브르 박물관, 베르사유 궁전, 몽생미셸, 유
명한 마카롱 집, 다들 사는 세인트 제임스 티셔츠 구입, 몽쥬 약국 쇼핑까
지. 우리는 끝내 게을러지지 못한 채 여행을 마무리했다. 파리에서 내가

얻어온 건 한쪽 어깨에 손바닥만 하게 생긴 햇빛 화상 자국과 다음 여행은 혼자 와야지 하는 마음이었다. 걔도 마찬가지였을지도 모른다. 누가 내게 파리가 즐거웠냐고 물어오면 이렇게 대답했다. "아주 가끔은" 걔한테 이런 이야기를 한 적은 없다. 우리는 내내 속마음을 꺼내 보이지 않았다. 지나친 배려심이 몸에 배어 있었다. 몸도 바쁜데, 불만이 쌓여 마음도 바빠진 셈이었다. 그래서 돌아와 이런 결심을 하게 된 거였다. 그냥 마음 편히 혼자 여행할래. 이번에 내가 혼자 온 건 마음 놓고 게으른 여행을 하기 위해서기도 했다.

혼자 다니는 동안에 나는 남들이 갔다는 이유만으로는 굳이 그곳에 가지 않았다. 내가 정말 가고 싶을 때 움직였다. 숙소는 일부러 중심가에서 떨어진 곳에 잡았다. 관광지와 가까운 숙소는 비싸다는 이유 때문이기도 했지만, 따로 시간 내서 가보지 않을 곳에 머물며 그 동네를 알아가는 게 좋아서였다. 며칠이라도 이곳 사람들처럼 지내고 싶었다. 이른 저녁 시간에 민박집으로 돌아와 한국 드라마를 보며 시간을 보내거나, 블로그 포스팅을 하기도 했고, 아침잠을 늘어지게 자고 낮 시간이 돼서야 어기적거리며 나가는 일도 잦았다. 몸이 게을러지는 데는 성공한 셈이었다.

오늘도 늦장 부렸다. 사실 오늘 게으름의 이유는 어제의 기분 탓이기도 했다. 어제 나는 울었다. 모든 게 싫증 난 얼굴을 하고서였다. 꼭 중요한 걸 잃은 사람처럼 그랬다. 혼자 다니는 여행이 외로워서도 아니었고, 소매치기를 당하거나, 차별적인 시선을 받은 일도 없었다. 한 번쯤 일어날 법도 했는데 다행히 그런 일은 없었고, 신기하리만큼 평온한 여행 중이었다. 그런데 그냥, 더 이상 여행이 흥미롭지 않은 탓에 그랬다. 아름다운 것들을 눈에 담으려 애쓰던 마음이 내 안에서 사라진 탓에 울었다. 종일 뭘 봐도 무미건조한 나를 마주하는 게 참기 어려웠다. 나라는 사람이 단순하게 행복해지는 건 그리 어렵지 않은 일이었다. 책 한 권과 연필, 노트를 챙겨서 해가 잘 드는 자리에 앉아 밀린 책을 마구 읽고 따라 적는 것만으로도 나는 충분히 행복해지는 사람이니까. 어제 내 안의 이 감각들이 사라져가고 있다는 생각이 머리를 지배했다. 문득 무서웠다. 그런 나를 부정하다가 내가 싫어져서 결국 울어버렸다. 나의 어떤 부분을 잃어버린 것 같았다. 언제나 여행을 생생하게 감각할 수는 없었고, 때로 늘 좋았던 일도 지루해질 때가 있을 뿐이었다. 하지만 나는 그런 나를 여전히 가만두지 못했다. 그럴 땐 그냥 그런 날도 있지 하고 넘어가도 좋을 텐데. 나는 게으름을 연습하며 나아지는 것 같다가도 어느 순간 다시 제자리로 돌아와 있었다. 여전히 마음까지 게을러지는 건 어려운 사람이었다.

 오후가 돼서야 동네 카페로 어기적어기적 걸어갔다. 숙소에서 10분 정도 걸어가면 갈 만한 카페가 있어 보였다. 카페를 가는 길에 강을 봤다. 카페로 곧장 들어갈 생각이었지만, 에메랄드색을 띠는 강이 발목을 잡았다. 가까이서 보니 흙탕물이었지만, 강가에 즐비한 것들이 다시 나를 멈추게 했다. 나는 잠시만 머무르자는 생각으로 강가에 아빠 다리를 하고 앉았다. 파리는 언제나 가까이 가면 더럽기 그지없는 곳이 많았지만, 이상하게 그 흙탕물마저 아름다운 곳이었다. 두 여자가 돌바닥에서 갖는 점심 식사. 강 건너편에 초록 잎이 무성한 나무. 그 아래를 지나는 한가한 설음. 유모차를 끄는 엄마와 그 안에서 단잠을 자는 아이. 달리는 사람. 자전거. 평일이었는데, 그 강 앞에서 나는 주말 아침을 떠올렸다. 겨우 강을 봤고, 이 동네 사람들을 구경했을 뿐인데 진짜 파리 같았다. 에펠탑을 봤을 때도 느끼지 못했던 파리를 여기 앉아서 느끼며, 진짜 파리를 실감하고 있었다. 게

올리 다니지 않으면 보지 못했을 법한 것들이었다.

카페로 들어가니 짧은 커트 머리 여자가 봉주ㅎ~하고 인사했다. 4년 전 파리에 왔을 때 '봉주르'하고 또박또박 발음했던 내 인사가 갑자기 부끄러워졌다. 아 저렇게 발음하는 거였구나. 저런 톤이었구나. 나는 봉주ㅎ~하는 상냥한 인사가 마음에 들어, 혼자 몇 번이나 따라 했다.

동네 카페라 그런지, 카페 안엔 나만 이방인이었다. 평일 한낮이라 손님들은 띄엄띄엄 앉아 있었다. 내 앞으로 앉아 있는 사람들은 노트북으로 뭔가를 쓰거나, 헤드폰을 쓰고 음악을 듣고 있었다. 나도 그들을 힐끗 쳐다보며 가져온 책을 꺼내 읽었다. 그사이 나는 표정을 찾아가고 있었다. 어제 기분은 어김없이 지나갔다.

카페는 다시 오기로 했다. 모든 게 마음에 들었다. 커피, 에그타르트, 적당한 친절, 점원의 인사톤, 약간의 꽃, 창가 자리. 그리고 오늘은 다행히 울지 않았다는 사실까지. 게으르게 나와서 동네를 어슬렁어슬렁 다니는 동안에 일어난 일이었다. 나는 괜찮아졌다. 마음까지 게을러지고서야 내 행색을 하고 나를 잠식했던 그 괴물이 사라졌다. 모든 건 내버려 두면 지나가게 돼있었다.

4년 전에 둘이어서 마음껏 게으름을 피우지 못해 혼자오는 걸 결심하게 됐는데, 여전히 나는 게으름에 종종 실패한다. 몸이든, 마음이든 쉴 새 없이 굴리면 지쳐버려서 마음도 생생히 감각할 수 없게 된다. 마음이 아무것도 느끼고 싶지 않다고 할 땐, 그러라고 하고 내버려 두기로 했다. 아무것도 느끼고 싶지 않은 그런 날도 있는 법이니까.

나는 여전히 게으름에 서툴다. 또 울지도 모른다. 또 게으름 실패할지도 모른다. 너무 자주 잊어서, 자주 슬프지 말라고 써둘 뿐이다.

행복이 말이 되는 순간

행복하다고 말해버리면, 그 말을 남발해버리면 행복이 사라지는 것 같았다. 나는 종종 그렇게 느껴왔다. 말이 흩어질 때 행복도 날아가는 느낌이었다. 온전히 전할 수 없는 것들을 말로 옮기려는 사람들이 이해되지 않았다. 그럴 땐 말을 아끼고, 그냥 행복을 느꼈으면 했다. 행복하다. 행복해. 지금 행복하지 않니? 이런 말을 듣고 있을 때면, 나는 속으로 그만 좀 말해. 그만 좀. 촌스럽게. 저 혼자 행복한가. 이렇게 중얼거리고 있었다. 내가 좀 꼬인 건지도 모르겠다. 나는 유독 행복하다는 말을 아껴 했다.

파리에선 매일 센 강을 걸었다. 첫날 초승달을 앞에 두고 센 강을 걸은 뒤부터 하루도 빠진 적 없이 그랬다. 거길 걷고 있으면 잘 알지도 못하는 와인이 생각났다. 저렴한 와인도 상관없을 것 같았다. 아니 둘이서 몇 천 원짜리 와인 한 병을 사서 종이컵에 나눠 마시는 싸구려 행복이 좋을 것 같았다. 그런 생각을 하다 정말 어떤 날은 모르는 파리 남자랑 와인 두 병을 종이컵에 나눠 마시기도 했다. 겁도 없이 그랬다. 오기 전에 잔뜩 겁먹었던 내가 우스울 정도로 센 강은 내가 가진 경계심을 허물게 해주었다.

센 강은 가끔 눈물 나게 좋은 곳이었으니까.

　오늘은 센 강 걷는 일을 멈추고, 센 강을 앞에 두고 계단에 앉았다. 앉고 싶었던 자리였다. 그 계단 벽에 등을 대고 앉아 담소를 나누던 파리 사람들을 매번 부러워했었다.

　여기서 나는 어떤 식으로든 나를 기록하고 있다. 일기를 쓰거나 메모를 하기도 했지만, 부지런히 사진을 찍고, 녹화 버튼을 눌러 영상으로 하루를 남기기도 했다. 찍어줄 사람도 없었고, 삼각대도 없었다. 카메라가 세워질 만한 곳이면 어디든 삼각대 대신 이용했다. 벽이나, 수두룩하게 쌓아둔 노트나, 컵이나 벤치, 정말 어디든 말이다. 오늘도 나를 남기겠다고 타이머를 맞추고, 계단 벽에 핸드폰을 세웠다. 촬영 버튼을 누르고 달려가는 행동을 반복하며 낑낑거리고 있던 차에, 지나던 미국인이 다가왔다. "찍어줄까?" 그는 그럴싸해 보이는 카메라를 목에 걸고 있었다. 나는 경계를 풀고, "땡큐"라고 말하며 핸드폰을 내밀었다. 그리곤 처음 보는 사람 앞에서 지을 수 있는 가장 최대치의 미소를 지었다. 그는 내 핸드폰 카메라로 몇 장을 찍은 뒤, 목에 걸고 있던 자기 카메라로 몇 장을 더 찍었다. 그가 사진작가라고 말하며 내게 명함을 건넸다. 목에 걸고 있는 카메라와 셔터를 누를 때마다 뷰티풀이라고 연신 칭찬하는 말주변이 예사롭지 않다고 생각했는데 역시나였다. 그는 사진을 확인하는 내 표정을 살피고, 간단하게 인사한 뒤 다시 가던 길로 갔다. 나는 사진을 확인하다 고개를 들고 그가 걸어가는 모습을 보았다. 그가 뒤돌아보고 내게 이렇게 물었다.

　알 유 해피?

　행복하냐는 물음이 이렇게 다정한 거였던가. 그의 갑작스러운 물음에 나는 "해피!!!"라고 대답하며 무장해제된 웃음을 지어 보였다. 행복이 말로 꺼내진 순간이었다. 나는 그의 다정한 물음에 행복을 입 밖으로 꺼내며 더 행복해진 거였다. 그가 내 웃음에 같이 웃어 보였다.

누가 파리는 좋냐고 물어오면, 나는 다를 것 없다고 대답했다. 여기도 거기와 같다. 지루함 속에서도 여행은 이어졌다. 그러다 아주 가끔 행복을 만날 뿐이었다. 그간 지루함도 지워버릴 만큼 그런 힘 있는 행복들. 기분 좋게 내 몸에 퍼지는 생맥주의 시원함, 허했던 마음마저 채워주는 맛있는 식사, 우연히 만난 너무 좋은 장소, 마침 딱 좋은 날씨. 아주 흔하지만, 생각보다 귀해서 자주 오지 않는 순간들. 아니 자주 오지만, 쉽게 놓치는 순간들. 오늘처럼 어떤 사람의 다정한 안부 인사 덕에 입 밖으로 꺼내며, 놓칠 뻔한 행복을 선명하게 잡아 보기도 하는 것이었다.

이제 더 이상 행복하다는 말에 까탈스럽게 굴지 않기로 했다. 왔을 때 흠뻑 행복을 남발하기로 했다. 행복을 말로 다 할 수는 없었지만, 말이 되어 선명해지기도 했다. 행복하다고 말할 수 있는 사람들이 좋아졌다. 행복하냐 물어오는 사람들이 고마워졌다. "오늘 진짜 행복하다." 누군가 내 뒤에서 그런 말을 했던 어떤 날이 떠올랐다. 밤새 마시고 뜨는 해를 보러 갔던 날이었다. 입속말로 나는 그랬다. 우리 지금 같이 행복하구나. 어쩐지 행복의 남발도 나쁘지 않았다. 행복을 입에 담는 누군가에게 반발심을 일으켰던 내 모난 마음은 어디로 샀는지, 신기하게도 행복이 신명해지고 있었다. 그런 날이 있었다.

가장 멋진 파도

매년 여름을 보내왔지만, 처음 맞이한 듯 생소한 여름이었다. 그 여름 안에서 나는 몸을 푹 담근 채 있다가 돌아왔다.

파도에 몸을 실어 보내 나는 이리 휩쓸리고 저리 휩쓸리다 푹 잠겨버리기도 했고, 둥둥 떠서 몸을 맡기기도 했고, 죽 휩쓸려 나와 모래 위로 떨어지기도 했다.

아무것도 계획대로 흘러가진 않았다. 예고 없이 찾아온 것들 앞에서 당황하기도, 엉망이 되기도, 초라해지기도, 한순간에 다시 바보가 되기도, 매번 좋을 줄만 알았던 여행이 아주 지루해지기도 했다.

그렇지만 왈칵 쏟아진 비를 흠뻑 맞으며 지워지지 않을 기억을 만들기도 했고, 다시 보게 될까 싶었던 사람들과 계속 보게 되기도 하고, 같이 어울리기 싫었던 사람들이 너무 좋아져 버려 내 인생 최고의 여행을 만들기도 했다. 혼자인 게 겁이 나 출국 하루 전까지 포기하고 가지 말까 고민했던 프라하에서 가장 나다운 모습으로 여행하기도 했고, 가끔 지루함도 지워버릴 만큼 힘 있는 행복을 만나기도 했다. 아침에 눈 떠서 오늘 뭐 할지 생각했던 단순한 날들 덕에 모든 게 간단명료해졌고, 내일이 없는 듯이 마구 쏟아냈던 젊음의 몇 날과, 너무 강한 감정이라 여러 번 되뇔 필요가 있었던 몇 날의 조화로 진한 여름을 남기기도 했다.

예상치 못했던 일들이 내 이야기를 채웠다. 불쑥 내 인생을 채운 그 이야기들이 그냥 좋다. 나는 여전하지만, 가끔 꺼내 볼 수 있는 장면들과, 가끔 생각나면 마음을 다해 조용히 응원할 수 있는 몇 사람을 만났다.

멋진 여름이었다.

지금 난 여름에 있어

김미현 지음

1판 1쇄 발행	2020년 4월 22일
2판 1쇄 발행	2020년 7월 23일
2판 2쇄 발행	2021년 8월 01일
2판 3쇄 발행	2022년 4월 22일
2판 4쇄 발행	2023년 3월 17일

펴낸이	김미현
편집·디자인	김미현
교정·교열	장선아
펴낸곳	사랑으로
등록	2021년 7월 15일 제2021-000023호
주소	대구광역시 중구 국채보상로125길 4
ISBN	979-11-975372-0-2

이메일	mihyun2020@naver.com
인스타그램	@loveleto_